D E A R + N O V E L

プリティ・ベイビィズ

岩本 薫
Kaoru IWAMOTO

新書館ディアプラス文庫

S H I N S H O K A N

プリティ・ベイビィズ

目次

イラストレーション／麻々原絵里依

Mission #0

出し抜けに背後からパーッと光を浴びた。

「……っ」

振り返った瞬間、ライトで目をやられて立《た》ち竦《すく》む。

「まぶし……っ」

プップーッというクラクションの直後、キキーッとタイヤが軋《きし》む音が聞こえた。続けてガリガリッという金属か何かが擦《こす》れるような音。

とっさに腕で覆《おお》っていた両目を徐々《じょじょ》に開いた。すぐ斜《なな》め後ろのブロック塀《べい》に、黒のセダンが右側面《そくめん》を擦りつけるようにして停《と》まっている。

考え事をしながらぼんやり歩いていて、いつの間にやら道の真ん中に寄ってしまっていたらしい。どうやらセダンは、俺を避《さ》けようとして車道を外《はず》れ、塀に接触したようだ。

漸《よう》く状況を把握《はあく》したとほぼ同時、バンッと運転席のドアが開き、中から眼鏡《めがね》をかけたスーツ姿の男が出てきた。前方に回り込んで車の右側面を覗《のぞ》き込《こ》み「くそっ」と舌打ちをする。

(やっべー……)

さっきの音、かなり派手《はで》に削《けず》った音だったよな。

腰に片手を置いて憤然《ふんぜん》と立ち尽くす男に駆け寄りつつ、まずはとりあえず声をかけた。

「すみません！　大丈夫ですか!?」

「大丈夫じゃないのは、見ればわかるだろう」

憤《いきどお》りを押し殺したような冷ややかな低音に首筋がひやっとする。

「……本当にすみません」

「出かけるところだったのに台無《だいな》しだ」

「あの、お怪我《けが》はありませんか」

じわじわと視線を上げ、お伺《うかが》いを立てた。

「ない」

吐き捨てる男の顔を、初めてまともに見た俺は、うっと息を呑《の》む。

男が——思わず怯《ひる》むほどに怜悧《れいり》な美貌《びぼう》の持ち主だったからだ。

白くなめらかな額《ひたい》に一筋かかる亜麻色《あまいろ》の髪。不機嫌そうにひそめられた柳眉《りゅうび》。眦《まなじり》が深く切れ込んだ切れ長の双眸《そうぼう》。眼鏡のレンズの奥の瞳は色素《しきそ》が薄く、どこか外国の血が混じっているのかもしれないと思わせる。すっきりと通った繊細《せんさい》な鼻梁《びりょう》。薄く整《ととの》った唇《くちびる》と鋭角的《えいかくてき》な顎《あご》が、男の冷たい美貌を際《きわ》だたせていた。

濃紺《のうこん》のスーツに白いシャツというオーソドックスな出《い》で立《た》ちだったが、第二ボタンまで外したシャツの衿許《えりもと》から覗く首筋が妙に白くてドキッとする。

触《ふ》れたら、ひんやり冷たそうだ。

——思えば、うっかり男の首筋に目を奪《うば》われたあの瞬間から、俺の本当の意味での受難《じゅなん》の日々は始まったのだ。

1

「やー、暑いね。エルニーニョだかラニーニャだか知らないけど、ほんっと今年の夏の暑さは異常だよ。これでカラッとしてくれてるんならまだしも、妙に空気がじめっとして、不快指数の高い時って犯罪も増えるからね。大型台風は次々来るわ、地震はあるわ、まったく地球はどうなっちゃうんだか。今年は梅雨明《つゆあ》けも遅いらしいね？」

丸い顔に吹き出た玉のような汗をハンドタオルで拭《ふ》き拭き、係長がぼやく。しかしその前フリに、話しかけられている『当人』はノーリアクションだ。

「…………」

ちらっと上目遣《うわめづか》いで右斜《なな》め上を窺《うかが》い見《み》た係長が、こほんと咳払《せきばら》いをした。

「……まぁ、そんなわけで、大人も子供も犯罪者も開放的になる夏本番を前に、我が強行犯《きょうこうはん》係もぴちぴちのルーキーを迎えたわけだ。えーと、名前は沢木主《さわきしゅ》……しゅぜい？」

手許《てもと》の書類を捲《めく》りながら言《い》い淀《よど》む係長に、俺は控《ひか》えめにフォローを入れる。

「主税《ちから》です」

「そうそう、沢木主税くん。二十二歳で有名私立大の法学部を卒業したあと、警察学校での半年は……ほー、なかなか成績優秀だったようだね。特に術科教養《じゅっかきょうよう》は常に優《ゆう》を取っている。研修は月島《つきしま》署で七ヶ月。これも指導員から『きわめて優秀』との太鼓判《たいこばん》を押されているな。さらに二ヶ月後、警察学校を首席で卒業。一年間の派出所勤務を経《へ》て、巡査《じゅんさ》部長に昇進《しょうしん》。現在二十五歳。いやはや最短コースだ。背も高いし、顔はうちの娘がキャーキャー騒いどるなんとかっちゅー俳優に似とるし、こりゃー女子署員がほっとかないな！　ははははっ」

「いえ……そんなことは」

なんとかっちゅー俳優って誰だよ？　というツッコミは胸に秘め、俺は神妙な面持《おもも》ちで露骨《ろこつ》なヨイショを受け流した。この人って警察官というよりは、どこぞのメーカーの中間管理職みたいだ。

「ただねぇ、せっかく優秀な新人を迎えても、彼の身柄を引き受けられるようなベテラン捜査員は、もうすでに直属の部下を抱《かか》えているわけでさ」

今度は外《はず》した眼鏡《めがね》のレンズにはーっと息を吹きかけ、ハンドタオルで拭き始める。レンズをきゅっきゅっきゅっと擦《こす》ってから、もう一度眼鏡をかけ直した係長が、実に言いづらそうに切り出した。

「そこで相談なんだけどね、伊吹《いぶき》くん。我が刑事課強行犯係に配属以来の五年間、きみは誰ともコンビを組まず、直属の部下も持たずにきたわけなんだけど、警部補昇進も近そうだし、そろそろ部下を持ってもいい頃合なんじゃないかなぁ。いや、部下ってのが重いようなら、後輩の面倒《めんどう》見るような気楽な感じでいいから……ね？」

係長のやたら腰の低い『お願い』に相槌《あいづち》を打つでもなく、眉間《みけん》に縦筋《たてすじ》を刻《きざ》んだ不機嫌そうな横顔を、俺は思い切って横目でチラ見した。係長のデスクの前にふたりで肩を並べた時から、ただならぬ威圧感《いあつかん》を感じて、なかなか横を見る勇気が出なかったのだ。そして、その肌で感じたプレッシャーは正しかった。

（こえー……）

百八十三の俺が見上げるほどだから、九十近くあるだろう。がっちりと広い肩幅。背広の上からでも張り詰めた胸筋《きょうきん》がはっきりとわかる、日本人離れした体格。浅黒い肌。くっきりと太い眉《まゆ》の下の、眼光鋭《がんこうするど》い双眸《そうぼう》。頑強《がんきょう》な全身から迸《ほとばし》る不遜《ふそん》なオーラ。

俺の視線に気がついたのか、超強面《ちょうこわもて》の先輩が、つとこちらに視線を向ける。目と目が合った瞬間、（何こっち見てんだゴラァ）みたいな目つきでガン見され、覚えず首が縮《ちぢ》んだ。

眠らない街――日本一の歓楽街《かんらくがい》・歌舞伎町《かぶきちょう》を擁《よう》する新宿署の刑事の身で、新人の教育係なんて厄介《やっかい》を押しつけられて、面白くないのはわかる。できれば面倒を避《さ》けたい気持ちもわかる。

わかるけど、俺だって相手は選べないんだから。

（そんな怖い顔で睨《にら》まないでくださいよう……）

この先、こんな犯罪者より凶悪《きょうあく》っぽい人とコンビを組むのかと思うと、心がずしっと重くなってくる。

そもそも係長が部下である一捜査員に対して、これだけ低姿勢だっていうのも不思議だ。普通は、上司命令で「今日から面倒見るように。以上」で終わりだと思うんだけど。それだけ、上司にも一目《いちもく》置かれるような存在なんだろうか。

なんてことをぐだぐだ考えていたら、係長に「ほら、沢木くん、きみからもお願いして」とせっつかれた。

「あ、はい！」

あわてて俺は肩を並べていた先輩刑事に向き直り、ぺこっと頭を下げた。

「未熟者《みじゆくもの》ですが、ご指導のほどよろしくお願いします！」

ちなみに『刑事課強行犯係』ってのは、殺人・強盗・傷害《しようがい》などの凶悪犯罪を扱《あつか》う係で、言ってみれば署内の花形部署。しかも新宿署といえば、都内に百一を数える警察署の中でも一、二を争う大所帯《おおじょたい》。当然新人の数も多い。同期は六人いるけれど、その全員が希望する部署に行けるわけじゃない。だから希望部署にすんなり配属が決まった昨日、俺はかなり舞い上がった。これから始まる刑事人生が、何やらとても先行きの明るいものに思えたからだ。

幸先《さいさき》の良さにその夜の新人歓迎会でもテンションが上がり、ついつい同期と朝まで呑《の》んでしまった地続きの朝――つまり今朝《けさ》、眠気覚ましのコーヒーをがぶ呑みしていたところに、強行犯係のボスである係長の呼び出しがかかったわけだ。

「――というわけで、伊吹くん、頼むね。沢木くん、伊吹くんは優秀な刑事だから、彼の下につくことは、きみがこれから捜査のいろはを学んでいく過程《かてい》においてプラスになることは問違いない。よく指導してもらいなさい」

最後はわりとまともな訓示《くんじ》で話をまとめた係長が、今日一番の大仕事を片付けたといった晴れ晴れとした表情で、椅子の背に凭《もた》れかかる。直後、「もう行け」というように、目線でしっしと追い払われた。

係長の引き合わせで無事（？）見合いがまとまった強面の先輩とは、席も隣り合わせになり――私物をデスクに運び終えた俺は、果たして、この呼び方でいいのかと逡巡《しゅんじゅん》しつつ、おずおずと指示を仰《あお》いだ。

「伊吹先輩、あの……何かお手伝いできることはありますか」

こちらを見向きもせず、首許のネクタイを荒っぽい手つきで緩《ゆる》めながら、「ない」とけんもほろろに拒否られる。初めて聞いた彼の声は、外見から受けるイメージを裏切らず、低くて渋かった。

「ついでに言っておくが、おまえの面倒を見る気もない」

「……は？」

耳を疑い、思わず聞き返す。

「今、なんて？」

「俺は相棒は持たない主義だ」

「そ、それはさっき係長もおっしゃっていましたけど、でもっ」

「おまえには別の誰かをあてがってもらうよう、俺から課長に話しておく」

言うなり、携帯と煙草《たばこ》のパッケージを上着のポケットにねじ込んだ先輩が、事務椅子を引いて立ち上がった。

「課長って、刑事課の課長ですか？」

「そうだ。視察でL.A.に行っている課長が戻ってきたら話をつける。あの人じゃ話にならないからな」

あの人――のくだりで、くいっと顎《あご》をしゃくり、窓際の係長を指す。

「って、先輩？」

どこへ行くんですかと尋《たず》ねる間もなく、伊吹先輩は長い脚《あし》を駆《か》って刑事課のフロアから出ていってしまった。

「えっと……」

取り残された俺は、誰にともなく問いかける。

「俺は……どうすれば？」

誰からの回答もなかった。周《まわ》りは電話をかけたり、パソコンに向かったり、調書の作成に没頭《ぼっとう》したりと自分の仕事で手一杯で、育児放棄《ほうき》されたルーキーの面倒を代打《だいだ》で見られるような、余裕のある人間はひとりもいないらしい。

幸先がいいはずだった刑事人生に、暗雲《あんうん》の影がほのかにたちこめ始めた気がするのは……。

（気のせい気のせい！）

不吉な予感をぶるっと首を振って追い払ってはみたものの。

結局その日、伊吹先輩は出ていったきり、署に戻ってこなかった。

ああは言っていたけれど、思い直してくれるかも……と一抹《いちまつ》の淡い期待を抱《いだ》いて待っていた俺は肩すかしを食らい、失意の中、電話番やお茶《ちゃ》汲《く》みと、忙しそうな在署《ざいしょ》の先輩たちのフォローに勤《いそ》しんだ。

やっと憧《あこが》れの刑事になれたのに、これじゃまるでバイトの小僧だよ……。

などと腐《くさ》っていても始まらない。

今日は先輩も虫の居所が悪かったのかもしれない。五年間ずっとひとりでやってきたのに、いきなり今日から新人とコンビを組めと言われても、戸惑《とまど》う気持ちもわからなくはない。明日からは先輩の仕事をさりげなくアシストして、決して足手まといにならないことをアピールしてみよう。

気持ちを切り替えて翌日、「今日こそは！」と勇《いさ》んで出署してみると、すでに隣席《りんせき》はもぬけの殻《から》だった。

「伊吹ならさっき出ていったぞ」

向かいの席のベテラン捜査員に教えられ、がーんと立ち尽くす。

また置いてきぼり!?

ショックで目の前が暗くなったが、なんとか気を取り直して尋ねる。

「どこへ行かれたんでしょうか」

「さぁな。あいつは単独行動が基本だから」

わずかに哀《あわ》れみの混じった目つきで、首を左右に振られた。

「けど、今追ってるヤマの聞き込みじゃないか？」

「……そうですか」

遅刻したわけじゃないのに置いて行かれた。

あからさまなシカトというか邪魔者扱いに、ちょっと……いや、かなりへこむ。

刑事ドラマのバディモノなんかだと、初めはぎくしゃく噛《か》み合わなかったふたりが、ある事件をきっかけにして心を通《かよ》わせ合い、いつしか最強のコンビに——なんていう展開もありがちだけど、伊吹先輩の場合、そもそも心を通わせ合う隙《すき》を与えてもらえないのだからお手上げだった。大体、緊急の場合に備えて必要と思われる、携帯の番号だってまだ交換し合っていない。

「で？　沢木、おまえんとこはどーよ？」

またしても伊吹さんと顔を合わせることのないままに勤務規定の就業《しゅうぎょう》時間が終わってしまい、残業したくとも仕事のない俺は、その夜新宿署の同期たちとメシを食った。

組織犯罪対策課、地域課、警備課から各一名ずつ、俺と同じ刑事課の中でも盗犯係と知能犯係に配属になったやつがそれぞれ一名＋俺という、野郎ばかりのメンツで計六名。新しい環境に身を投《とう》じて間もないこともあって、話題はもっぱら「うちはこれこれこんな感じだけど、そっちはどうよ？」といった情報交換に終始《しゅうし》する。

「希望部署に行ったわりには暗いじゃん」

同期に水を向けられた俺は、浮かない顔つきで生ビールのジョッキを呷《あお》った。

「なんとなく……先輩に疎《うと》まれてる感じがしてさ」

なんとなくどころかはっきり疎まれているとわかっていたけど、同期の前では口に出したくなかった。言葉にしたら、もはや覆《くつがえ》せない確定事項になってしまう気がして。

「先輩って？」

「強行犯係の伊吹警部補《けいぶほ》」

「あー、あのでかくて怖い人か。マル暴《ぼう》もまっさおの強面だもんな」

「係長に下につけって言われたんだけど、先輩は部下とか持ちたくないみたいで、全然相手にしてくれないんだよね」

「ま、誰だってガキのお守《も》りはしたくないだろ？　給料上がるわけじゃなし。けど、上からの命令だから仕方なく面倒を見る」

「そうそう。組織プレー命だもんな」

「けどさ、俺もその人の噂《うわさ》聞いたけど、相当な変わり者らしいぜ。協調性ゼロの単独行動バリバリで上も持て余し気味らしい。それでも、きっちり結果は出すから何も言えないってうちの課の先輩が言ってた」

（やっぱ署内でも有名な変わり者なのか。どうりで周りの俺を見る目が哀れみを帯びているわけだ）

「『一匹狼《いっぴきおおかみ》』ってやつ？　へー、現実にいるんだ？　んなのフィクションの中にしかいないと思ってた」

「つか、どんなに仕事できても部下を使えないんじゃ出世は無理だろ？」

「いって警部補止まりじゃね？」

ひとしきり『はぐれ者』を酒の肴《さかな》にしたあとで、同期たちが俺に哀れみの眼差《まなざ》しを向けてくる。

「おまえ、エラい人に当たっちゃったな」

「…………」

正直、ババを引いちゃった感は否《いな》めない。

もしかしたら、上に直談判《じかだんぱん》すれば、別の人に担当を変えてもらえる可能性もあるのかもしれないけど……でも、邪険《じゃけん》にされたからといって、ここで尻尾《しっぽ》を巻いてすごすご逃げ出すのは嫌だった。そんなの俺の性《しょう》に合わない。

それに、いろいろ難《なん》はあれども『仕事ができる』ことはみんなが認めている事実だ。そんな人の下につけば、捜査のノウハウを間近で見ることができて、理想とする刑事像に一歩近づけるかもしれない。

打たれ強いのが、自他共に認める俺の最大のチャームだ。持ち前のポジティブ思考を発動させた俺は、翌日からも果敢《かかん》に伊吹先輩にアタックを続けた。

「どこへ行かれるんですか？　ご一緒します」

「ついてくるな。邪魔だ」

「でも、俺たちコンビですし」

「何度も言わせるな。おまえの面倒は見ない」

ぴしゃりとはねつけられても、露骨に煙《けむ》たがられても「なにくそ」とめげずに必死に食い下がった。先輩の後ろを犬のように追いかけて回った。──振り切られることのほうが多かったけれど。

「先輩、今日はもう上がりですか？　もしよかったら一緒にメシでも食いま…」

今日も、めずらしく八時頃署に戻ってきた先輩に勢い込んで話しかけて、煩《うるさ》そうな表情だけで一蹴《いっしゅう》される。

「……せんよね？」

しかし、ここですごすごと退《ひ》いていては関係が前進しない。

「じゃ、せめて一緒に帰りませんか？　どうせ帰る場所は同じだし」

そうなのだ。──伊吹先輩と俺は同寮で、しかもなんの因果《いんが》か隣りの部屋なのだ。

独身の警察官は基本、寮生活が義務づけられている。俺も新宿署に配属になるのに合わせて、月島の寮から新大久保《しんおおくぼ》の独身寮に移ってきた。寮といってもひとり部屋だし、風呂・トイレ・キッチンも個々の部屋に完備されている。築三十年の月島寮と違って新大久保は建物も新しくてなかなか快適だった。——あの日までは。

風呂に入ってビールのロング缶を一本空《から》にして、そろそろ寝るかと大好きな推理小説を片手に布団に寝転がった時、廊下からカチッと鍵が回る音が聞こえてきた。隣りの部屋だ。よほど忙しい人なのか、入寮以来お隣りさんとは一度も顔を合わせていなかった。

一応挨拶《あいさつ》しとかなきゃと起き上がり、ドアの隙間から廊下に顔を出した俺は、隣室の扉の前に立つ伊吹先輩とばっちり目が合ってフリーズした。

『あっ……先輩!』

『……おまえ』

これには、さすがの先輩も面食《めんく》らった顔をしていた。

うわー、直属の上司が隣り部屋って、プライベートないじゃん、最悪!

心の中の悲鳴を必死に呑み込む。

微妙な空気が流れたあと、どちらからともなく『じゃあな』『はい、お休みなさい』とそれぞれの戸を閉めた——のが三日前の出来事だ。

一瞬、衝撃にほろ酔い気分も吹き飛んだけれど、一晩寝て、しっかり浮上《ふじょう》した。

ものは考えよう。うち解《と》け合《あ》うチャンスが増えたと思えばいい。俺ってつくづくポジティブシンキング。

そう思って今日も誘ってみたのだが。

「一緒に帰るだぁ？　おまえは連れションする小学生か」

ただでさえ低い声をいよいよ低め、憮然と吐き捨てられる。

「そう言わずに、ちょっと待っててください。今すぐ支度《したく》しますから！」

しかし、俺が速攻《そっこう》で帰り支度を済ませ、振り向いた時には、伊吹先輩の姿は影も形もなかった。

「あー、くそ。また逃げられた！」

今日こそ帰りの道すがら、いろいろ訊《き》き出《だ》そうと思っていたのに！

相方《あいかた》として今後のコンビネーションを円滑《えんかつ》にするために、先輩について知りたいことは山ほどある。

携帯の番号とか、趣味とか、家族構成とか、好きな食べ物とか、なんで刑事を職業に選んだのか、とかとか。

あと……毎日夜中にどこへ行ってるのか。

先輩がお隣りさんだと知った夜から、隣室の物音に敏感《びんかん》になってしまった俺は、ほどなく気がついたのだ。いったん帰宅した伊吹先輩が、深夜ふたたび外出することに。今のところ連続二日。そのうち一日は朝まで帰ってこなかった。

彼女——寮住まいってことは独り身だもんな——にでも会いに行っているんだろうか。

タッパあるし、ガタイいいし、めっちゃ強面だけど男前だし、ある種のタイプにはモテそうだもんなー。

（いいよなぁ。俺もそろそろ彼女欲しいよ）

ふと気がつけば、前の恋人と別れて二年。学生時代から続いていた二コ上の彼女だったが、俺が警察学校に行っている間に別の男ができたらしく、振られてしまった。

まぁね、半年間ほとんど会えなかったんだから、仕方ないけどさ。

（けどいい加減、こいつが恋人っていうのもわびしい……）

右手に視線を落とし、昨日の交通課との合コン断らなきゃよかったかな、とちょびっと後悔した。誘いをかけてきた婦警《ふけい》、好みのタイプとは違うけどそこそこかわいかったし。

いやいやと首を横に振る。

今は色恋より仕事、彼女より先輩だ。

なんとかコミュニケーションの糸口を摑《つか》んで、一日も早くコンビの相方として認めてもらうことが最優先事項。

まずは携帯番号ゲットだ！

俺のアタックを先輩が躱《かわ》す。食い下がる俺を、先輩がつれなく追い払う。——そんな攻防《こうぼう》がその後も三日ばかり続いた。

その間も、同期たちは組織の中に順調に溶け込みつつあるようで、いまだ聞き込みにすら同行させてもらえない自分が、ひとり出遅れた気がして焦《あせ》る。

相変わらず携帯の番号すら教えてもらえないまま、一向《いっこう》に縮まらない先輩との距離にジリジリしていたある日の夕刻。

例によってひとりで刑事課を出ていく先輩を追いかけた俺は、地下の駐車場でなんとか彼を捕まえた。

「聞き込みですか？　俺も連れていってください。運転しますから」

覆面車《ふくめんしゃ》に歩み寄る先輩の、後ろから声をかける。

「…………」

あっさりスルーして車に乗り込もうとする先輩に、俺は必死に追《お》い縋《すが》った。

「こう見えて俺、運転上手《うま》いんですよ？　それに俺がいたら、好きな場所で車の乗り捨てができます。渋滞《じゅうたい》に引っかかったら、そこで降《お》りちゃっていいですから」

「…………」

「俺、署内にいてもやることなくて居心地《いごこち》悪いんですよ。絶対に捜査の邪魔とかしませんから。ほんと、ただ運転手として同行するだけ。先輩が聞き込みしてる間は、車の中でおとなしく待機《たいき》してますから！」

「……おまえも大概《たいがい》しつこいな」

ため息混じりの低音に、今までになかった諦《あきら》めの気配を嗅《か》ぎ取《と》った俺は、駄目押《だめお》しとばかりに上半身を九十度折り曲げた。土下座《どげざ》せんばかりの勢いで懇願《こんがん》する。

「お願いします！」

ふーっと嘆息《たんそく》が落ちたあとで、ぼそっと低音が聞こえてきた。

「運転だけだぞ」

「………っ」

がばっと上体を戻した俺は、喜びを全身で表現したい衝動《しょうどう》を懸命《けんめい》に堪《こら》え、「はいっ」と大きな返事をした。

（やった！　一歩前進！）

初めて同行を許された俺は、張り切って運転席に乗り込んだ。先輩は助手席で煙草を銜《くわ》える。ウィンドウを開けてカチッと火を点《つ》けた。

「どちらへ行かれますか？」

「とりあえず百人町《ひゃくにんちょう》へ向かってくれ」

「はい」

百人町までの十五分の間に先輩のガードを緩めることに成功すれば、聞き込みの現場にも立ち会わせてもらえるかもしれない。

しかし、いざ走り出してみると、銜え煙草の先輩は、前方を睨みつけたままで終始無言。

「先輩、ご家族は？　兄弟とかいらっしゃるんですか？」

「……いない」

「そうなんですか。……ご出身は？」

「……東京だ」

「あ、俺もです！　俺は実家は品川《しながわ》なんですけど、先輩は東京のどちらですか？」

「…………」

なんとか会話の糸口を掴もうと、俺もあれこれ話しかけてみたが、レスポンスは鈍《にぶ》く、言葉のキャッチボールが成り立たない。

「ずっと東京ですか？　大学も？」

「…………」

当《あ》たり障《さわ》りのないところから攻めたつもりだったのだが、質問を重ねるたびに傍《かたわ》らの先輩がどんどん不機嫌になっていくのが気配でわかって、焦燥《しょうそう》が募《つの》った。

「え、えーと、先輩って、どうして刑事になったんですか？」

口にしてしまってから、話題の転換が唐突だったと反省したが後の祭り。案《あん》の定《じょう》、眉間に縦じわを刻んだ先輩が、携帯灰皿に無言でぎゅっと吸い差しをねじ込む。『うぜえ』と大書《たいしょ》してある横顔をチラ見して、俺はあわてて謝った。

「……す、すみません。変なこと訊いちゃって」

「少し黙って運転に集中してろ」

「は、はい」

すべてのアプローチが空振《からぶ》りに終わり、しまいには、腕を組んで横を向かれてしまう。シンと車内が静まり返った。

(空気が……重い)

だけど、このままじゃなんの進展《しんてん》もないままだ。せっかく掴んだチャンスなのに。何か場が和《なご》むような話題はないだろうかと頭を巡《めぐ》らせる。

明るい話題……そうだ！

気詰まりな空気を振り払うように、俺はふたたび口を開いた。

「そういえば、先輩の彼女って、どんな方なんですか？」

大きな肩がぴくりと動いた。ゆっくりと首を傾《かたむ》けた先輩が、怪訝《けげん》そうに繰《く》り返《かえ》す。

「彼女？」

「……俺なんかもうずっとフリーだから羨《うらや》ましいですよ。毎晩会ったりして、さぞかしラブラブなんでしょうね」

「どういう意味だ？」

場つなぎのつもりで軽く振った話題に、まともなリアクションが返ってきたことに意表《いひょう》を突かれた。

この人が俺の言葉に反応したのって初めてじゃないか？

相手にされて嬉《うれ》しいような、ここで食いつかれるのはちと意外なような、複雑な気分で言葉を継《つ》ぐ。

「深夜近くに出かけて朝まで帰っていらっしゃらないこともあるんで、てっきり彼女のところにでも泊まっているのかと思っ…」

みなまで言い終わる前に、出し抜けに横合いから腕が伸びてきて、胸倉《むなぐら》をぐいっと摑まれた。

運転中のいきなりの暴行に、心臓が止まりそうになる。ひっと喉《のど》が鳴った。

「危な……っ」

とっさにハンドルを切って路肩《ろかた》に車を寄せ、ブレーキを踏み込む。がくんっと体が前につんのめった直後、電柱のわずか十センチ手前で、なんとか車が停《と》まった。

「……ギ………ギリギリ」

キモが冷えるとはまさにこのことだ。

はーっと大きく息を吐き出した俺は、シートベルトをしたまま体をぐるっと捻《ひね》った。

「何するんですかっ！」

相手が先輩であることも忘れて怒鳴《どな》りつける。

「前後に車がなかったからいいようなものの！　そうでなかったらカンペキ事故ってますよっ」

だけど先輩は己《おのれ》の暴挙《ぼうきょ》を反省するどころか、今度は俺のネクタイを掴み、すごい力でぐいっと引き寄せてきた。

「く…るし……っ」

喉をギリギリと締《し》め上《あ》げられる圧迫感《あっぱくかん》に顔をしかめているうちに、迫力の形相《ぎょうそう》が間近に迫り、低い声で凄《すご》まれる。

「……俺のことをこそこそと嗅《か》ぎ回《まわ》るのはやめろ」

昏《くら》く底光る双眸で射すくめられ、俺はごくっと唾《つば》を呑み込んだ。

「そ、そんなつもりじゃ…」

「これ以上俺のプライベートに立ち入ったら、後悔することになるぞ」

「伊吹せんぱ…」

「いいか？　わかったな」

有無《うむ》を言わせぬ気魄《きはく》に圧《お》されて、こくこくうなずく。

ネクタイを締め上げていた手が離れ、やっと息を吐き出せた。冷や汗と脂汗《あぶらあせ》が、どっと吹き出す。夏なのに体が冷たい。

「…………」

さっきの数倍も重苦しい沈黙が車中に横たわる。

(地雷《じらい》……踏んだ?)

どうしよう。先輩がこんなに怒るなんて。『彼女』がNGワードだったのか。それとも、プライベートを話題にされること自体が、彼にとっては許し難《がた》いことなのか。

とにかく謝らなくては——そう思いつつも、喉が強《こわ》ばって声が出ない。傍《かたわ》らの男から立《た》ち上《のぼ》る剣呑《けんのん》なオーラに呑まれ、俺がハンドルをぎゅっと握《にぎ》った時。

ピルルルルッ。

重苦しい空気を切《き》り裂《さ》くように携帯の着信音が鳴った。先輩が腰から携帯を引き抜いて耳に当てる。

「俺だ……。ああ……仕事中だ」

(彼女?)

「何?……またか」

チッと舌打ちが落ちた。

「わかった。……十一時だな」

先輩が携帯を折《お》り畳《たた》む。通話が終わるのを待っていた俺は、「あの」と話しかけた。

「さっきはすみませんでした。でも、俺……本当に先輩のプライベートを探るとかそういうつもりじゃなくて」

俺の釈明《しゃくめい》には耳を貸さず、先輩がシートベルトをカチッと外す。

「先輩？」

「俺はここで降《お》りる。おまえは署に戻れ」

そう命令するやいなや、助手席のドアを開け、長身が車外に出た。

「――って、ちょ……先輩！　どこ行くんですか⁉」

俺はウィンドウを下げ、窓から顔を出して叫《さけ》ぶ。

「待ってください、俺も行きます！　パーキングに駐車しますから、一分だけ待ってください！　一分だけ！　お願いですから、先輩っ‼」

けれど、どんなに懇願しても、立ち去っていく伊吹先輩が足を止めることも背後を振り返ることも、最後までなかった。

署に戻ってからも、しばらくは立ち直れなかった。やっとほんの少しだけでも歩み寄れた気がしていただけに、またもや置き去りにされたショックは大きい。

初めは先輩を怒らせてしまった自分を責めて落ち込んでいたけれど、時間の経過《けいか》と共に、徐々《じょじょ》に憤《いきどお》りの矛先《ほこさき》が変わってくる。

大体《だいたい》、いくら地雷を踏んだからって、いきなりドライバーの胸倉掴むってどうなんだ？　俺じゃなきゃマジ事故ってたぞ？　刑事のくせに、交通倫理《りんり》をどう考えてるんだよ。

それに、億劫《おっくう》な気持ちはわかるけど、他の捜査員はみんな新人の面倒を見てるんだから。組織の一員である以上は、あんただけ特別に放免《ほうめん》ってわけにはいかないんだよ。ガキじゃないんだから、ちゃんと責務《せきむ》を果たせよ！　こっちはこれ以上ないくらい下手《したて》に出てるんだから、少しは応《こた》えてみせろよ！

（携帯の番号くらい教えろよ、ケチ！）

初対面からの邪険な態度と素《そ》っ気《け》ない仕打ちを思い起こすほどに、胸がモヤモヤ、ムカムカする。憤懣《ふんまん》をぶつけようにも、あれきり当人は署に戻って来ず――。

腹の底に先輩に対するわだかまりを燻《くすぶ》らせながら、俺はその晩ひとりで自棄酒《やけざけ》を呷《あお》った。

ひさびさにしたたか量を呑み、夜の十時過ぎに帰寮《きりょう》する。かなり酔ってはいたが、それでも新人の分際《ぶんざい》（しかもろくに仕事をしていない）で寮の前にタクシーを乗り付けるのは気が引けて、少し手前の大通り沿いで降りた。覚束《おぼつか》ない足取りで寮の近くまで戻った俺は、数メートル先の門から人影が出てくるのを見て足を止める。

周囲が暗い上に上下共に黒っぽい服を着ていたけれど、シルエットですぐに誰なのかはわかった。警官がひしめく寮の中でも、あんなにでかい男はそうはいない。

伊吹先輩だ。俺とは逆方向の駅の方へと歩いていく。いつものように出かけるところらしい。

そういや、携帯で彼女と十一時に待ち合わせていたっけ。

(けっ。毎日毎日お熱いこった)

俺はひとり寂《さび》しく自棄酒なのに、自分は彼女とよろしくデートかよ？

ヤサぐれた気分で憎々しげにつぶやいた刹那《せつな》、夕刻のブラフが耳に蘇《よみがえ》ってくる。

――これ以上俺のプライベートに立ち入ったら、後悔することになるぞ。

とたん、腹の底から今までで最大級のムカムカの塊《かたまり》が込み上げてきた。

後悔ってなんだよ？

ってか、やれるもんならやってみろ！

挑戦的な気分で、遠ざかっていく長身のシルエットを睨みつける。

アルコールで気が大きくなっていたせいもあったかもしれない。目的地だった寮の前を通り過ぎた俺は、意識的に足音をひそめ、伊吹先輩の後ろ姿を追い始めた。

黙ってあとをつけることに、胸中《きょうちゅう》を一抹の後ろめたさが過《よぎ》らなくもなかったけれど、「これも修業《しゅぎょう》の一環《いっかん》、尾行《びこう》の練習だ」と、やや強引に自分を説《と》き伏《ふ》せる。

一定の距離を保《たも》ったまま新大久保駅に着き、ＪＲに乗り込んだ。新宿駅で下車。頭ひとつ分抜き出た長身は、尾行の目印にはもってこいだ。おかげで新宿駅の構内でも見失うことなく、私鉄に乗り換える。車両内は、一杯引っかけて帰宅するサラリーマンたちでほどほどに混んでいた。スーツの彼らに紛《まぎ》れるようにして吊革《つりかわ》に摑まり、携帯を覗《のぞ》き込《こ》むフリで俯《うつむ》きながら、目の端《はし》で伊吹先輩を窺う。

黒いジャケットに同色のボトム、やはり黒のVネックカットソーという黒ずくめの先輩は、車両の一番端の席に腰を下ろし、手許の文庫本に視線を落としていた。何を読んでるんだろう。気になったけど、まさか覗きに行くわけにもいかない。

先輩が動いたのは、乗り換えから三十分ほどが過ぎた頃。閉じた文庫本を上着のポケットにねじ込み、ドアの前まで移動して、停車した駅のホームへ降りていく。俺もドアが閉まる寸前に車両から降りた。

生まれて初めて降り立つ駅だった。地名だけは知っている。たしか、東京都下のヘッドタウンだ。

ホームから、まだ緑が多く残っている風景を眺《なが》め、ずいぶん遠くまで来ちゃったなと思った。こんな場所で先輩に見つかったら、もはや『偶然』では言《い》い逃《のが》れがきかないだろう。

酔いもだいぶ醒《さ》めてきたし、ここでUターンっていう選択肢《せんたくし》もないわけじゃないけど、なんかもういまさら引き返せない気分だった。ここまで来たら半《なか》ば意地っていうか。尾行がバレたら、それこそどんな報復が待ち受けているかわからない。だけど、そっちがあくまで俺を拒否るつもりなら、どこまでも食らいついていって鼻を明かしてやるぜ！っていう俺なりの意地。

これは、俺と先輩の勝負だ。先輩に見つからずに、彼女の顔を見たら俺の勝ち。

勝手に脳内ルールを定めた俺は、先行く先輩を追って改札を潜《くぐ》り抜《ぬ》けた。同じ駅でぱらぱらと数人が降り、みな家路《いえじ》を急いでいく。

人気《ひとけ》の少なくなるここからが正念場《しょうねんば》だ。気を引き締め、気配を覚《さと》られないよう、さっきよりも距離を多めに取る。

あらかたシャッターの下りた駅前の商店街を抜けてしばらく行くと、アパートやマンション、一戸建《いっこだ》てなどが建ち並ぶ住宅街に入る。住宅と住宅の間に突如《とつじょ》として畑が広がっていたりするあたりは、郊外ならではだ。外気《がいき》も湿気《しっけ》が多くてじめじめとした都心部とは違って、心なしか涼しい。

都会よりも幾分《いくぶん》か濃い闇に紛れて尾行を続けて、十分ほど経《た》った頃だろうか。いつしか住宅も途切《とぎ》れ、かなり寂しげな感じの場所で、先輩が歩調を緩《ゆる》めた。あれ？　と思って俺もペースを落とす。と、視界から長身の影がすっと消えた。

あわてて足を早める。先輩が消えたあたりには、両開きの鉄の門があった。住宅にしては広い敷地を、煉瓦《れんが》を積み上げた外塀《そとべい》が取《と》り囲《かこ》んでいる。その塀の上からはこんもりとした樹木が覗いていた。

きょろきょろと周囲を見回したが、他に建物も横道もない。ということは、先輩はこの門の中に入っていったということになる。

鉄の格子《こうし》の間から改めて目を凝《こ》らすと、黒々とした緑の奥に洋風の建物が建っているのが見えた。尖《とが》った屋根と白い壁。その壁の一番目立つ位置に十字架《じゅうじか》を認めて、俺はひとりごちた。

「……教会？」

びっくり。

あの威圧的《いあってき》な外見からはとてもそうは見えないけれど、先輩って実はクリスチャンだったりするんだろうか。

俺自身は、ガキの頃に近所の教会の日曜学校に通っていたことがあるが、聖書とかお祈りとか賛美歌《さんびか》とか、もはや遠い記憶の彼方《かなた》だ。

彼女との逢い引きじゃなかったのか？

意外な展開に虚《きょ》を衝《つ》かれ、どうしたものか迷いつつ、しばらく教会の敷地の周りをうろうろしていたが、中から伊吹先輩が出てくる気配はない。

（どうすっか）

物音ひとつしない静寂《せいじゃく》の中で思案《しあん》に暮れていた俺は、カツコツとアスファルトを叩く靴音を耳にして、はっと肩を揺《ゆ》らした。

「……………っ」

反射的に門から離れ、電柱の陰に隠れる。

やがて暗闇の中から、この夏場にナイロンの薄手のコートを羽織《はお》った、全身黒ずくめのスリムな人影が現れる。一瞬外灯に照らされた顔は驚くほど小さい。黒髪と対照的な白皙《はくせき》。小作りな造作の中で、猫のような眦《まなじり》の切れ上がった目がひときわ印象的だ。初めはボーイッシュな女性かと思ったが、胸が真っ平らなのを見て男だとわかった。

中性的な容貌《ようぼう》の彼が、教会の正門の前で足を止める。鉄の門を少し開いて、その隙間《すきま》にするっと身を滑《すべ》り込《こ》ませる。

その物腰もどこか黒猫を彷彿《ほうふつ》とさせる彼が教会の建物の中に消えた直後、今度は車のライトが闇を切り裂いた。

近づいてきた黒塗りのライトバンが、教会の敷地の前で一旦《いったん》停止する。助手席から背の高い男が降りてきて、門を開けた。ゆっくり走り出したバンが、敷地の中に入ったタイミングで門を閉める。車寄せにバンが停まると、運転席からも男が降りてきた。バンで乗り付けたふたりの男たちもまた、建物の中へ入っていく。

これで、自分が見ている間だけでも、先輩を含めて計四人。

(こんな夜中に礼拝《れいはい》か?)

教会の中でどんな集会が行われているんだろう。好奇心をいたく刺激された俺は、電柱の陰から出て、もう一度門扉《もんぴ》に近づいた。

鉄の扉を押してみると、鍵はかかっておらず、簡単に開く。敷地の中にそろそろと踏み込んだ俺は、できるだけ気配を殺して建物の周りを半周してみた。

なかなか雰囲気のある、石造りのどっしりとした教会だ。丁寧《ていねい》に修繕《しゅうぜん》を施《ほどこ》されてはいるが、ツタが這《は》う壁から年季《ねんき》が感じられる。敷地は広大で、前庭と中庭に充分な広さがあり、花壇《かだん》ではいろいろな種類の花が咲いていた。

尖った屋根の下――教会堂《きょうかいどう》の正面の両開きのドアとは別に、もうひとつ、建物の側面《そくめん》に通用口のようなドアがある。窓は大小取り混ぜ、計八個。

すべて鎧戸《よろいど》が閉ざされており、室内の様子は窺えない。さすがに建物の中に踏み込むまでの勇気は持てなかった俺は、ひととおりの探索のあとで、前庭のトピアリーの陰にしゃがみ込んだ。

さて、どうするか。

中に入っていったのは男ばかりだったけど、これから伊吹先輩の彼女が来るのか、それともすでに中にいるのか。

どのみち、もう少し待ってみて、キリのいいところで引き返そうか。

手入れの行き届いた芝生《しばふ》を弄《もてあそ》びつつ、今後の身の振り方を思案していると、ガチャリとドアが開く音がした。

「………ッ」

身を低め、植え込みの陰から覗き見る。通用口のドアが開き、中からぞろぞろと人が出てきた。全部で四人。全員が申し合わせたような黒ずくめだ。

彼らは御輿《みこし》でも担《かつ》ぐみたいに、四人でひとつの荷——黒い布で覆《おお》われた大きな細長い荷物を担いでいた。ちょうど人間ひとりくらいの大きさだ。

「ったく、懺悔《ざんげ》すりゃいいってもんでもないだろ？　つい出来心《でき》でって、出来心で済みゃ警察はいらねーよ！」

先頭の男が憤懣やるかたない様子でまくし立てる。細身だが手足がすらりと長く、シルエットだけでも相当にスタイルがいいことがわかった。シャギーの入ったやや長めの髪。口の悪さとは裏腹に、玄関灯《げんかんとう》に照らされた顔は、はっとするほど整《ととの》っていた。そんじょそこらのアイドル顔負けだ。

「しょうがないだろう。パパが引き受けてしまったんだから」

傍らの長身の男が落ち着いた声で宥《なだ》める。こちらはまたタイプの違う二枚目だった。端整《たんせい》で甘いマスクとでもいうのか、アイドルというより俳優系。どこかエリート臭《しゅう》が漂《ただよ》う。

「だからって、なんで俺らが尻《しり》ぬぐいせにゃならねーのよ？　あんな場所に忍び込む、こっちの身にもなってみろっつーの」

ぶつぶつ文句を言いつつ、アイドル顔の男がボトムのポケットからキーを取り出し、遠隔操《えんかくそう》作《さ》でバンのロックを解除した。スライドドアを開き、三人がかりで荷物をバンの後部座席に詰め込む。

「キョウイチは？」

「例によってお留守番。肉体労働の現場じゃあの人足手まといだから」

誰かの問いに、ハスキーボイスが答える。シニカルな物言いの主《ぬし》は、ナイロンコートを羽織った黒猫風の彼だった。

「早く乗り込め。時間がない」

四人目の低い声に俺は息を呑んだ。

今まで他の三人の陰になっていて顔が見えなかったけれど。

(伊吹先輩!?)

植え込みの後ろで俺が固まっている間に、全員が乗り込み、バンが発進する。敷地を出た黒いバンは、たちまち闇に紛れて見えなくなってしまった。

なんだったんだ、今の……。

のろのろと立ち上がってから、はっと気がつく。しまった! ライトバンのナンバープレート、携帯で撮っときゃよかった!

うかつな自分にはーっとため息が零《こぼ》れた。

彼らが抱えていた包み。ちょうど成人男子くらいの大きさだった。まさか……人間ってことはない……よな?

「まさか…な……はは」

乾《かわ》いた笑いが、我ながら自信なさげにフェードアウトする。

現役《げんえき》の刑事が絡《から》んでいてさすがにそれはないとしても、伊吹先輩の意外な一面を見知ってしまったのは事実だ。

もしかしてクリスチャンだったり？

毎晩出かけていたのも、彼女に会ってたんじゃなくて、ここに来ていたのか？

揃《そろ》いも揃ってルックスのレベルの高いあの男たちは一体何者？

尻ぬぐいとか、忍び込むとか、聞き捨てならない物騒《ぶっそう》な単語を口にしていたけれど。

あれこれ考えるほどに謎が深まり、胸の中がモヤモヤしてくる。とてもじゃないが、このますんなり帰途《きと》にはつけない気分だった。中庭をうろうろした挙《あ》げ句《く》に、教会堂の扉に近づく。

（たしか教会って迷える子羊のために、いつでも門戸《もんこ》を開いているんだよな？）

両開きの扉には、果たして鍵はかかっていなかった。ドアを押し開け、おずおずと中を覗き込む。

まず目に入るのは、正面の壁にかかった、十字だけのシンプルな十字架。俺が子供の頃に通っていた教会と同じだ。だとしたらプロテスタント系の教会ということになるか。

次に、左右二列に整然と並んだ木製のベンチ。ステンドグラスも華美《かび》な装飾もないけれど、こぢんまりとした教会堂の中には、静謐《せいひつ》な空気が漂っていた。

思わず厳《おごそ》かな気分になっていると、小さな十字架と蠟燭《ろうそく》が置かれた祭壇《さいだん》の前に跪《ひざまず》き、熱心に祈りを捧《ささ》げていた人影が、おもむろにこちらを顧《かえり》みる。蠟燭の光にきらきらと輝く見事な銀髪《ぎんぱつ》。

踝《くるぶし》までの黒くて長い祭服《さいふく》。立ち上がった老人が、扉の前に立ち尽くす俺に向かってゆっくりと歩み寄ってくる。

近くで顔を見れば、思っていたよりも若い印象を受けた。ひょっとしたら、老人というほどの年齢ではないのかもしれない。

神父《しんぷ》様か牧師《ぼくし》様か——推測どおりプロテスタント系ならば牧師様だが——とにかく本物の聖《せい》職者《しょくしゃ》であることは間違いなかった。

（……ということはつまり、ここも本物の教会ということか）

伊吹先輩と教会という取り合わせがあまりに意外で、心のどこかでその存在自体を疑ってしまっていたが、どうやら考えすぎだったらしい。

「聖ヨセフ・ミクニ教会へようこそ」

若い頃はさぞかし……と思わせる品のいい顔に、柔和《にゅうわ》な笑みを浮かべて、牧師様が話しかけてきた。

「初めてお見かけするお顔のようですが、いかがなされましたか？」

教会を訪《たず》ねた趣旨《しゅし》を問われてから、なんの言い訳も用意していないことに気がつく。……ヤバい。

「あ……と、えぇと……」

じわっと首筋に冷や汗が滲《にじ》んだ。

「実は……そのですね……ちょっと道に迷ってしまいまして」

しどろもどろに答えながら、こんな時間にこんな場所で道に迷ったというのもおかしな話であることに気づき、ますます嫌な汗が噴《ふ》き出《で》たが、牧師様は俺のその場凌《しの》ぎの苦しい嘘を疑ったりはしなかった。

「道に迷われましたか。それはそれは」

気の毒そうに首を振り振り、俺の手を取ってぎゅっと握り締める。

「さぞかしお困りのことでしょう！」

† † †

牧師様は懇切丁寧《こんせつていねい》に駅までの道順を教えてくださった上に、わざわざ教会の門まで一緒に足を運んでくださった。

「道が暗いですからお気をつけて」

「はい、ありがとうございます」

お礼を告げて教会をあとにした俺は、しばらくしてから足を止め、後ろを振り返った。

門の前に白い頭と黒衣《こくい》を認めた瞬間、罪悪感で胸がきゅうっと苦しくなる。

道に迷ったなんて嘘をついてごめんなさい。

まだ見送ってくれている牧師様にぺこりと頭を下げ、ふたたび歩き出す。

おそらく、牧師様は伊吹先輩のことも、その他の三人の素性《すじょう》もご存じなんだろうけれど。

（さすがに伊吹先輩のことは訊けなかった）

そんなことをすれば、俺が先輩を尾行してここまで辿《たど》り着《つ》いたことが、芋蔓式《いもづるしき》にバレてしまう。本人に知られたら、それこそタダじゃ済まないだろうし。

下手すると半殺し？

運転中に胸倉を摑まれたことを思い出し、ぞくっと背筋に悪寒《おかん》が走った。あの人ならやりかねないところが怖い。

でもとにかく、いろいろとワケアリなことだけはわかった。

深夜、闇に紛れるように黒ずくめで、教会から大きな荷物を運び出す四人組。

怪しすぎるよ。

彼らには何か秘密がある。これは刑事の勘だ。

一方、頭の片隅《かたすみ》では、これ以上の深入りはするなと警鐘《けいしょう》も鳴っている。

今ならまだ引き返せる。

今晩の尾行は酔いの勢いを借りた出来心として胸の奥に仕舞《しま》い込み、さっき見たことは忘れてしまえばいい。

（いっそ先輩とのコンビも解消するか？）

向こうはそれを望んでいる。先輩と俺と、両方からコンビ解消を直訴《じきそ》すれば、聞き入れてもらえるだろう。たしか明後日《あさって》には課長が視察から戻ってくるはず。

相棒に対する疑念を胸に秘めて、毎日顔を突き合わせていくよりは、そのほうがいいのかもしれない。

つらつらと思案していると、出し抜けに背後からパーッと光を浴びた。

「………っ」

振り返った瞬間、ライトで目をやられて立《た》ち竦《すく》む。

「まぶし……っ」

ププーッというクラクションの直後、キキーッとタイヤが軋《きし》む音が聞こえた。続けてガリガリガリッという金属か何かが擦れるような音。

とっさに腕で覆っていた両目を徐々に開いた。すぐ斜め後ろのブロック塀《べい》に、黒のセダンが右側面を擦りつけるようにして停まっている。

考え事をしながらぼんやり歩いていて、いつの間にやら道の真ん中に寄ってしまっていたらしい。全然車の往来《おうらい》がないからすっかり油断していた。どうやらセダンは、俺を避《さ》けようとして車道を外れ、塀に接触したようだ。

漸《ようや》く状況を把握《はあく》したとほぼ同時、バンッと運転席のドアが開き、中から眼鏡をかけたスーツ姿の男が出てきた。前方に回り込んで車の右側面を覗き込み「くそっ」と舌打ちをする。

その舌打ちで、俺は我に返った。

(やっべー……)

さっきの音、かなり派手《はで》に削《けず》った音だったよな。

先輩を乗せた時といい、最近の俺はつくづく車運が悪いらしい。しかも今回は全面的にぼんやりしていた自分に非《ひ》がある。

腰に片手を置いて憤然《ふんぜん》と立ち尽くす男に駆け寄りつつ、まずはとりあえず声をかけた。

「すみません！　大丈夫ですか!?」

「大丈夫じゃないのは、見ればわかるだろう」

憤《いきどお》りを押し殺したような冷ややかな低音に首筋がひやっとする。

ひゃー。彼の立場になれば当たり前だけど、これは相当怒っている。

近くに寄ってみると、男は俺よりいくらか背が低かった。体型もかなり細身だ。それなのに、全身から不思議な威圧感を感じて、俺は諾々《だくだく》とこうべを垂《た》れた。

「……本当にすみません」

「出かけるところだったのに台無《だいな》しだ」

「あの、お怪我《けが》はありませんか」

じわじわと視線を上げ、お伺《うかが》いを立てる。

「ない」

吐き捨てる男の顔を、初めてまともに見た俺は、うっと息を呑んだ。

男が——思わず怯《ひる》むほどに怜悧《れいり》な美貌《びぼう》の持ち主だったからだ。

白くなめらかな額《ひたい》に一筋かかる亜麻色《あまいろ》の髪。不機嫌そうにひそめられた柳眉《りゅうび》。眦《まなじり》が深く切れ込んだ切れ長の双眸。眼鏡のレンズの奥の瞳は色素《しきそ》が薄く、どこか外国の血が混じっているのかもしれないと思わせる。すっきりと通った繊細《せんさい》な鼻梁《びりょう》。薄く整った唇《くちびる》と鋭角的《えいかくてき》な顎《あご》が、男の冷たい美貌を際《きわ》だたせていた。

濃紺《のうこん》のスーツに白いシャツというオーソドックスな出《い》で立《た》ちだったが、第二ボタンまで外したシャツの衿許《えりもと》から覗く首筋が妙に白くてドキッとする。

触《ふ》れたら、ひんやり冷たそうだ。

(って、男相手に何妄想《もうそう》してんだよ、俺)

でも……今日はどういう巡り合わせかいろんなタイプの美形を見たけど、中でもこの人が『ツンと取り澄ました冷たい感じの美人』でダントツ俺好み。

や、どんだけ好みでも男だから意味ないけど……。

なぜか早鐘《はやがね》を打ち始めた鼓動《こどう》を諌《いさ》めつつ、無意識にも目の前のクールビューティにぽーっと見惚《みと》れていると、男がつと眉根を寄せた。

「何を見てるんだ？」

「あ、す、すみません。あんまりきれいだからつい」

うっかり口を滑らせて、己の失言《しつげん》に臍《ほぞ》を噛《か》む。

これから示談《じだん》に臨《のぞ》む相手に対して、自ら心証《しんしょう》を悪くしてどうする！

「へ、変なこと言ってすみませんっ」

ぺこぺこ頭を下げる俺を冷たく一瞥《いちべつ》し、彼が言った。

「別に謝る必要はない」

「へ？」

「慣れている」

慣れてるって、男にきれいと言われることが？

ま、まぁ、そりゃこれだけの美貌なら、それもアリなのかもしれないけど。

（クールそうに見えて、けっこう臆面《おくめん》ないタイプ？）

内心で男のキャラクターをはかりかねていると、当の彼が眼鏡のブリッジを中指でくいっと持ち上げ、俺の顔をじろじろと眺め始めた。

こっちが居たたまれなくなるくらい、頭のてっぺんから靴の先まで、まるで値踏みするみたいな視線で全身を隈無《くまな》くスキャンしたのちに、何やら低くつぶやく。

「……悪くない」

「は？　すみません、聞き取れなかったのでもう一度」

「地元の人間じゃないよな？」

「はい、このあたりは初めてです。……知人の家を訪ねた帰りなんですけど、土地勘《とちかん》がないもので道に迷ってしまって」

「知人？」

「あ、結局留守だったんです。でも、そんなに親しい仲じゃないんで別にいいんです。仕事でたまたまこっちに来たから、ついでにと思っただけで」

俺の言い訳を、男はうろんな表情で聞いていたが、不意に肩を竦《すく》めた。

「まぁいい。——ちょっとそこで待っていてくれ」

言うなり運転席に乗り込んだ男が、イグニッションキーを回す。

ズザザザッ。強引な切り返しにタイヤが軋んで悲鳴をあげた。

神経質そうな見た目とは違い、男の運転は乱暴で、お世辞《せじ》にも上手いとは言えなかった。避《よ》け損《そこ》ねて車体を擦ったのは、俺が元凶《げんきょう》だけど、この人の腕のせいもあるんじゃないかと、ちらっと思う。

なんとか車道に乗った車から、男が顔を出した。

「乗れよ」

意外な申し出だったが、よく考えたらこれから車体の傷の弁償《べんしょう》について話し合いをしなければならない。そのためにファミレスかどこかに移動するということなんだろう。

納得した俺は、素直に助手席に乗り込んだ。シートベルトを装着《そうちゃく》すると車が走り出す。国産車だけど、グレードの高いセダンで、まだ内装もきれいだし、ほぼ新車に近い感じだ。

「あの……車体の傷の弁償、どのようにすればいいでしょうか」

頃合いを見て切り出す。

すると意外や、男は首を横に振った。

「別に気にしなくていい。どうせ保険で下りるから」

ちょっと驚く。ひょっとしていい人？

「でも、そんなわけにはいかないです。悪いのは俺のほうですし」

「いいよ。その分カラダで返してくれれば」

「はい？」

空耳だろうか、今、何やらサクッとすごいことを言われた気がして、俺は怖いほどに整った傍らの横顔をまじまじと見た。

「今……なんておっしゃいました？」

「新宿に出るつもりだったが、出鼻《でばな》をくじかれて面倒になった。行ったところで趣味と傾向が合致《がっち》して、それでいてそこそこ好みのルックスの相手が確実に捕まる保証もないしな。だから今夜はおまえで我慢する」

「おまえで……我慢する？」

彼の言葉を鸚鵡返《おうむがえ》して、俺はじわりと眉間にしわを寄せた。説明されても、さっぱり意味がわからない。

「すみません。おっしゃってる意味がわからな…」

「鈍い男だな」

なかなか事情が呑み込めない俺を、彼が切れ長の目で冷ややかに一瞥した。

「傷の弁償の代わりにセックスの相手をしろって言ってるんだよ」

2

バスルームのドアの向こうから、シャワーの音が聞こえる。

ユニットバスの床を叩く、パチパチというその水音に耳を傾《かたむ》けながら、俺はダブルベッドの片隅《かたすみ》にちんまりと腰を下ろしていた。

『先にシャワーを使っていいか？』

『ど、どうぞお先に！』

そんなやりとりの末、男が浴室に消えたのが数分前。

そのあと、動物園のクマよろしく部屋の中をうろうろしてみたものの、十畳《じょう》ほどの室内を探索するにも限度があって、早々に手持ち無沙汰《ぶさた》になった俺は、居心地《いごこち》悪くベッドに腰を下ろしたのだった。

「…………」

無意識にネクタイに手をやり、ノットを少し緩《ゆる》めてから、落ち着かない気分で室内を見回す。

部屋の真ん中に置かれたキングサイズのベッドの他は、備《そな》え付《つ》けのクローゼットと冷蔵庫、カップやグラスが収納されたキャビネット、テレビ、カウンターテーブル、椅子《いす》があるのみ。

内装もインテリアもシンプルで、ぱっと見は、そこいらのビジネスホテルとなんら変わらない。唯一《ゆいいつ》、ラブホテルっぽさを感じるのは、ベッドの片側の壁一面に、巨大な鏡が嵌《は》め込《こ》まれていることくらいだろうか。

歴代の彼女がすべからくひとり暮らしだったので、俺自身、いわゆるラブホに入るのは初めての体験だった。

そんなビギナーな俺とは裏腹に、男のここまでの行動は淀《よど》みなく、一切《いっさい》の迷いがなかった。

地下駐車場のパーキングに車を停《と》めるやいなや、さっさと運転席から降り、助手席に回り込んできてドアを開けた男の、堂《どう》に入《い》ったリードを思い出す。

おっかなびっくり駐車場に降り立った俺に、男は「ついてこい」とばかりにくいっと顎《あご》をしゃくった。先に立って歩き出した彼の後ろを、ぎくしゃくとした足取りで追う。視線の先の、まっすぐ伸びた背中を見て、ぼんやり思った。

この人、幾《いく》つくらいなんだろう。

肌《はだ》なんか陶器《とうき》みたいに白くてすごくきれいだけど、醸《かも》し出《だ》している雰囲気や物腰から、二十代ではない気がした。

多分、俺よりかなり年上。プライド高そうだから、おそらくエリート。

年齢はおろか名前すら知らない、出会ったばかりの男。そんな行きずりの相手——しかも男——とホテルに入ろうとしている自分が不思議だった。

彼がなぜ、自分を一夜の相手に選んだのかもわからない。

ただひとつ確かなのは、彼がゲイであることだけ。同性である俺にセックスを強要するからには、これは確定事項だろう。

エレベーターで一階に上がり、受付へ向かった。とは言っても、普通のホテルみたいにカウンター式のレセプションがあるわけではない。スタッフがいるわけでもなく、部屋番号がずらりと並んだ金属製のパネルがあるのみ。部屋番号の横にはそれぞれ、小さなボタン式のランプがついている。ランプには、明かりが点《つ》いているボタンと消えているボタンとがあった。どうやら、ランプが消えている部屋は購入《こうにゅう》不可――つまり現在使用中ということらしい。

食券でも買う要領《ようりょう》で、男が投入口にクレジットカードを差し入れる。次に501号室のボタンを押した。ほどなく、スリットからカードキーがにゅっと押し出されてくる。

ふたたびエレベーターに乗って、最上階の五階で降り、カードキーで501号室のドアを開けたところで、先程のシャワーうんぬんのやりとりになったわけだが――。

男が消えたバスルームのドアを見つめ、俺は車の中での衝撃的な台詞《セリフ》を脳裏《のうり》に還《かえ》した。

――傷の弁償《べんしょう》の代わりにセックスの相手をしろって言ってるんだよ。

(……なんであの時、俺、逃げなかったんだろう?)

いくら示談《じだん》とはいえ、初対面の相手にバーターでセックスを要求してくるなんて、どう考えてもまともじゃない。

あの時、「冗談じゃない!」と車を停めさせて、逃げることだってできたはずだ。腕力《わんりょく》だったら負けない自信があるし、こっちは曲がりなりにも剣道および柔道の有段者だ。

（なのに）

男の要求にろくな抵抗もせず、唯々諾諾《いいだくだく》とラブホまでついて来ちゃうなんてどうかしてる。いくらルックスが好みだからって、相手は男だぞ？

もしかしたら、最悪バックバージンを奪《うば》われてしまう危険性だってある。貞操《ていそう》の危機かもしれないのに……。

（ていうか、今からでも逃げるべきか？）

今ならまだ間に合う。敵がシャワーを浴びている隙《すき》に逃げてしまえば、どうせ行きずりの仲だ。名乗り合ったわけじゃなし、彼が俺の素性《すじょう》を探る手だてはない。車の傷だって、先に自分の保険を使うと言い出したのは彼のほうだ。

だけど、このままこそこそ逃げ出すのは、なんとなく卑怯《ひきょう》っぽくて嫌だった。

とりあえず、彼が浴室から出てきたら、体以外の別の何かで代替《だいが》えできないか、交渉《こうしょう》してみようか。

あれこれ考えあぐねていると、バスルームのドアがガチャッと開いた。浴室の中からバスローブを纏《まと》った男が出てきて、俺を見て肩を竦《すく》める。

「せっかくチャンスをやったのに逃げなかったのか」

「えっ……」

投げ出されたその言葉にショックを受け、フリーズしている間に、男が近づいてくる。スーツを脱いだ彼は、さらに華奢《きゃしゃ》に見えた。

白くて細い首に張りつく濡《ぬ》れ髪《がみ》。ローブの合わせから覗《のぞ》く、しっとりと水分を含んだ素肌が妙になまめかしい。

俺のすぐ手前で足を止めた男の、全身から匂い立つような妖艶《ようえん》なフェロモンに、息を呑《の》んだ。

「男と寝るのは初めてか？」

ベッドに腰掛ける俺を見下ろして、彼が訊《き》いた。

艶《つや》めいた美貌《びぼう》にぼーっと見惚《みと》れつつ、こくりとうなずく。と、彼が薄い唇《くちびる》を歪《ゆが》める。

「ノーマルのくせに、よく逃げ出さなかったもんだ」

いっそ感心したようにつぶやかれ、複雑な気分になった。

逃げていいんなら、最初からそう言っておいて欲しかったけれど……。

「……あなたは、初めてじゃないんですか？」

俺の問いかけに、男がくっと笑った。

「初めてに見えるか？」

「……いいえ」

「安心しろ。流血沙汰《ざた》にならない程度には慣れている」

慣れてるんだ。

もちろん、そうだろうとは思っていたけれど、口に出して肯定《こうてい》されると、なぜか少しがっかりした。

そんな自分を訝《いぶか》しく思いながらも、重ねて問いかける。

「あの……どうしてこんなことを？」

「どうして？」

片方の眉を器用に持ち上げ、男が繰《く》り返《かえ》した。

「生殖《せいしょく》行為ですらない男同士のセックスに理由なんてない。溜《た》まったものを吐き出すため。それだけだ」

怜悧《れいり》な美貌にそぐわない明《あ》け透《す》けな物言いに、思わず鼻白《はなじろ》む。

「は、吐き出したくなったからって、いっつもこんなふうに見ず知らずの人間を誘うんですか？」

「…………」

「俺がどんな人間かもわからないのに、こんなところで二人きりになって、危ないと思わないんですか？」

ついつい詰問《きつもん》口調で問うと、男が眼鏡《めがね》のレンズ越しに軽く睨《にら》んできた。

「まるで刑事の尋問《じんもん》だな」

ドキッ。

刑事という単語に一瞬ひやっとしたが、今の状況で身バレするわけがないと思い直す。

男もそれ以上は深く追及《ついきゅう》することなく、眼鏡のブリッジを中指で持ち上げた。

「そいつがどんな人間かは、目を見ればわかる」

「目？」

「どんなに取《と》り繕《つくろ》っていても、目には本性が出るからな。その点きみは濁りのない澄んだ目をしていた」

「だから俺を？」

安全そうだからってことか？　人畜無害《じんちくむがい》と言われた気がして、いささかむっとする。

「それと……強《し》いて言えばルックスがわりと好みだった」

（え？　好み？）

一転、気分がぐんっと浮上した。

我ながらおめでたいと言うか。そもそも男にそんなこと言われてニヤけるのってどうよ？

ふつー引くだろ？

自分ツッコミする俺の上着に、男が手をかけてきた。

「顔はいいが、体は……どうかな？」

跪《ひざまず》いた彼にジャケットを脱がされ、ネクタイを解《ほど》かれる。シャツのボタンも外《はず》された。

全開したシャツの裾《すそ》を、緩めたベルトから引き抜き、前を大きくはだけさせた彼が、目を細めてつぶやく。

「鍛《きた》えてあるな」

手のひらで胸から腹までをゆっくりと撫《な》で下《お》ろされて、ぞくっと背筋が震えた。ひんやり滑《なめ》らかな手の感触が気持ちいい。

……あ、鳥肌立ってきた。

「あ、あの……俺……」

このまま撫でられ続けていたらヤバイことになりそうで、もじもじと身じろいだ刹《せつ》那《な》、彼が「心配するな」と言った。

「いくら若いとはいえ、男相手にすぐ臨《りん》戦《せん》態勢になるとは思っていない」

言うなり問答無用で両脚《りょうあし》を左右に開かされ、ボトムのファスナーをちりちりと下ろされる。

（え？）

「……まぁまぁだな」

それが、自分のモノに対する評価だと気がつくまで時間がかかった。

まるで魔法にでもかかったみたいに抵抗ひとつできず、されるがまま、下着の中から愚息《ぐそく》を取り出されてしまった俺は、男が股間《こかん》に顔を埋《うず》めた段になって漸《よう》く、彼がこれから何をしようとしているのかを覚《さと》った。

って、まさか……口で⁉

動転してとっさに口走る。

「シャッ、シャワーとか浴びたほうがよくないです……かっ」

だが、最後まで言い終わる前に、不意打ちでブツを口腔内《こうこうない》に含まれ、ひっと悲鳴が口をつく。

(マ、マジで?)

そこから先は——まさにめくるめく初体験だった。フェラは初めてじゃなかったけれど、今までのとはレベルが違う。

彼の口の中は、ねっとりと濡れて熱かった。同性である男に銜《くわ》えられている衝撃とか、本来なら先立つはずの嫌悪《けんお》も吹っ飛ぶ気持ちよさ。

「……う……っ」

舌を搦《から》めるようにして軸《じく》をしゃぶられ、敏感な部分を唇で吸われ、じゅぶじゅぶと音を立てて出し入れされて——どんどん下半身が熱くなる。ソコに血液が溜まっていくのがわかる。

「は……あっ」

たちまち痛いくらいに滾《たぎ》った欲望を、男の弱みを知り尽くした巧《たく》みな舌遣《したづか》いで嬲《なぶ》られ、理性どころか魂《たましい》まで持っていかれそうになる。

やがて、唾液《だえき》の糸を引いて唇を離した彼が、俺の顔を見ながら囁《ささや》いた。

「もうカチカチだ。さすがに若いな」

上目遣《うわめづか》いのまま、先端から溢《あふ》れ出《で》た先走りを舌先でちろちろと舐《な》め取《と》られ、どくっと下腹部が疼《うず》く。

（そ、そんな美味《おい》しそうな顔されたら…っ）

「も、もう……ッ」

カラカラに渇《かわ》いた喉《のど》の奥から、俺は掠《かす》れた声を絞《しぼ》り出《だ》した。

まともなセックスは二年以上ご無沙汰。しかも、ここ最近は精神的に萎《な》えることが多く、自《じ》慰《い》すらしていない。それがいきなりこんな濃厚《のうこう》なフェラをされて、長く保《も》つはずがなかった。

「出ます、からっ」

切迫《せっぱく》した焦燥《しょうそう》を覚え、必死の声で訴《うった》えても、彼は口淫《こういん》をやめない。どころかますます奥深くまで銜え込まれて、刻一刻《こくいっこく》と高まる射精感に俺は半泣きになった。

「おねが……離してくださ……ッ」

やわらかい髪を摑《つか》んで懇願《こんがん》しても、男は離れない。搾《しぼ》り取《と》るみたいにきつく吸われて——。

「あぁっ」

ついに堪《こら》えきれず、弾《はじ》けてしまう。

「く……う」

放埒《ほうらつ》の快感に、下半身がぶるっと大きく震えた。

「はぁ……はぁ……」

顔を仰向《あおむ》け、肩で息を整《ととの》える。

あまりの気持ちよさにうっとり目を閉じ、束《つか》の間《ま》意識を飛ばしていた俺は、股間から聞こえてきた「濃いな」という声で、はっと我に返った。

下を向いてぎょっとする。あろうことか、彼の顔に俺のザーメンがばっちりかかってしまっていた。顔射《がんしゃ》なんて、それこそ生まれて初めてだ。

「すっ、すみませんっ」

青ざめた俺の謝罪はスルーして、男は唇の端《はし》から零《こぼ》れた白濁《はくだく》を指で掬《すく》い取《と》り、舌でぺろりと舐め取った。獣《けもの》が獲物《えもの》の血肉を余さず啜《すす》るみたいな、その淫靡《いんび》な仕草に頭の芯《しん》がジンと熱くなる。

もしかしなくても、こういうのを『淫乱《いんらん》』って言うんだよな。

「お、俺の……呑んだんですか？」

「なかなか美味《うま》かった」

唇に妖艶な笑みを浮かべ、男が精液のかかった眼鏡をすっと外した。

（うあ……）

眼鏡を取った素顔がまた、男女の性差を超越《ちょうえつ》した美しさで、俺はぽかんと口を開けてしまった。やっぱりこの人、外国の血が混じっているのかもしれない。そうでなきゃ、三十過ぎの男がこんなにきれいだなんてあり得ないよ……。

凄《すご》みすら感じる美貌に圧倒《あっとう》されている間に、男が俺の肩に手を置き、ぐっと圧力をかけてき

た。仰向けにベッドに押し倒され、ぎしっとベッドが軋《きし》む。

自分を組み敷く男の、端整《たんせい》な顔立ちを間近に見上げ、俺はごくっと唾《つば》を呑み込んだ。

(いよいよ……本番?)

緊張にきゅっと胃が縮《ちぢ》こまったけれど、先に一発抜いたせいか、パニックになるほどじゃなかった。ここまできたら、毒を食らわば皿までだ。何事も食わず嫌いはいけない。思い切って飛び込んでみれば、案外、新しい世界が開けるかもしれない。

(他の野郎にケツを貸すのは死んでも御免《ごめん》だけど、この人が相手なら……)

それにこの人、慣れてるみたいだし、きっと上手《うま》い……はず。

懸命《けんめい》に自分に言い聞かせつつ、縋《すが》るような面持《おもも》ちでおずおずと口を開く。

「あの……やさしくしてくださ…」

「どっちがいい?」

「へ?」

「入れたいか、入れられたいか」

意外な問いかけに、両目をぱちくりした。それに関してははっきり、こちらに選択権はないものだと思い込んでいたからだ。

「選んでもいいんですか!?」

半《なか》ば受け入れる覚悟でいたけれど、逆でもいいならそれに越したことはない。

「『初めて』だから特別に選ばせてやる」

有り難い申し出に勢い込んで即答《そくとう》する。

「入れたいです！」

男が唇の端に鷹揚《おうよう》な笑みを浮かべた。

「いいだろう。私も今日はそんな気分だ」

お許しが出て、心の底からほっとした。そっちなら未知の領域ってわけでもないし、なんとかなりそうだ。

現金《げんきん》にも急に元気になった俺は、早速《さっそく》交渉を始めた。

「それじゃ、あの、ポジション入れ替えてもいいですか？」

「ポジション？」

虚《きょ》を衝《つ》かれた表情の彼が、思案《しあん》げに眉根《まゆね》を寄せる。

「私がきみの下になるということか？」

「そのほうが、俺はやりやすいんですけど」

「…………」

自分が下のポジションというのはプライドにかかわるのか、なかなかお許しが出ないことに焦《じ》れた俺は、彼の右腕を摑み、ぐっと引き寄せた。バランスを崩した彼が胸の中に倒れ込んでくるのと同時、くるっと体勢を入れ替える。

押し倒した彼の首筋から、ボディソープだろうか、ほのかに甘い香りが漂《ただよ》ってきた。鼻孔《びこう》を擽《くすぐ》られ、脳天《のうてん》がクラッとする。

「乱暴な男だな」

ちょっと不機嫌そうな表情にもたまらなくそそられて、衝動的にローブの合わせをぐいっと開いた。間接照明のオレンジの光に浮かび上がる白磁《はくじ》の肌。女性よりは小振りな乳首が、胸飾りみたいにほんのり色づいている。

（すげ……）

こくっと喉を鳴らした一瞬後、俺は白い首筋にむしゃぶりついた。肌理《きめ》の細かい肌の感触を充分に堪能《たんのう》してから、小さな胸の尖《とが》りを口に含む。ちゅっと吸ったら、彼の肩がかすかに震えた。

（少しは感じてくれてる？）

その反応に勇気を得た俺は、舌先で乳首を転がしながら、右手で肩や首筋を愛撫《あいぶ》し、左手でローブの腰紐《こしひも》を引く。紐が解《ほど》け、彼の裸体《らたい》のすべてがあらわになった。

細い腰とすんなり伸びた長い脚。薄い茂《しげ》みの中で息づく形のいい欲望。

さすがに男の象徴《しょうちょう》を目《ま》の当たりにすれば、萎えるかと思っていたけれど、そんなことは全然なかった。

これならイケる。

いっそ急《せ》く気分で体を下にずらし、勢い彼の両脚を抱《かか》え上《あ》げようとして、「待て」と制される。

「まさかいきなり突っ込むつもりじゃないだろうな？」

「あ……………」

そうだ。女性と違って自然とは濡れないんだっけ。

「流血沙汰は御免だぞ」

『お預け』を食らった犬の心境で、この道の先達《せんだつ》に教えを請《こ》うた。

「どうすればいいですか？」

「これを使え」

サイドテーブルに手を伸ばした彼が、潤滑《じゅんかつ》ジェルのボトルを俺に投げて寄越《よこ》す。なるほどと合点《がてん》して、キャッチしたジェルを手のひらにたっぷりと取った。

「指で解《ほぐ》せ」

指示に従い、枕を抱き込んで俯《うつぶ》せになった彼に背中から覆《おお》い被《かぶ》さるようにして、おそるおそる尻の奥の窄《すぼ》まりに指をめり込ませる。

第一印象はとにかく「狭《せま》い！」だった。予想に反してキチキチに狭い筒《つつ》が、俺の指をきゅうきゅう締《し》めつけてくる。

こんなとこに本当にアレが入るんだろうか。自分で言うのもなんだが、そうスリムでもないんだが。

しかし、シーツに滴《したた》るほどのジェルのぬめりを借りて、ぬぷぬぷと出し入れしている間に、少しずつ中が軟《やわ》らかくなってきた。

「……本数を増やせ」

指示どおり増やした二本の指で、一生懸命に内部を解した。しばらくして、とある箇所《かしょ》に指先が触れたとたん、彼の細い腰がびくんっと跳《は》ねる。

「あっ」

初めて、彼が声を出した。嬉しくなって耳許に囁く。

「ここ、気持ちいい？」

「う……ん……っ」

返事の代わりの艶《つや》めいた吐息に煽《あお》られ、より抽挿《ちゅうそう》を早める。

俺の愛撫に応《こた》えるように、熟《う》れた粘膜《ねんまく》がねっとりと指に絡《から》みつく。淫《みだ》らな蠕動《ぜんどう》に、だんだん息が荒くなっていくのが自分でもわかる。体が熱くて、下腹部がずっしりと重い。

一度放出した欲望は、彼に触れたり、その裸体を目にしたり、色っぽい声を聞いたりしているうちにふたたび力を持って勃《た》ち上《あ》がり、今にも腹につきそうなほどになっていた。

――早く。

指じゃなくて、俺自身を入れたい。このうねりを、熱を、味わいたい。

その欲求をなんとか押さえつけて、今しばらく指での愛撫を続けたあと、極限《きょくげん》まで膨《ふく》らんだ欲望に圧《お》された俺は、切羽詰《せっぱつ》まった声音でお伺《うかが》いを立てた。

「あの……そろそろいいですか？」

「まだだ」

この期《ご》に及んでまだ『待て！』を出されて、究極の焦《じ》らしプレイにちょっと泣きそうになる。

もはや我慢も限界だった。

「まだ？　入れちゃ駄目《だめ》？」

「もう少し待て」

「もう我慢できないよ」

誘うようにヒクつくソコから指を引き抜き、猛《たけ》った自分自身を尻の狭間《はざま》に擦《こす》りつける。

「ねぇ……欲しい」

彼がふっと肩で笑った。

「そんなにがっつくな」

余裕のあしらいに、すでにいっぱいいっぱいの自分とはキャリアが違うことを見せつけられ、頭がカッと熱くなる。

(誰がこんなにがっつかせてるんだよ？)

頭に血が上った俺は、気がつくと彼の肩に手をかけ、その体をひっくり返していた。向かい合う形で膝《ひざ》を摑み、脚を大きく割り開く。ジェルで濡れた後孔《こうこう》に、先端をぐっとめり込ませると、彼が「この馬鹿っ」と怒りの声をあげた。

「……やめ……っ」

抗議の声を唇で塞《ふさ》ぎ、そのままぐぐっと自身を押し込む。

「……む、ぅん…っっ」

傷つけないように気遣いつつも狭い隘路《あいろ》をじりじりと押し開き、根元まで収めた。

彼の中は、ひんやりとしたその肌とは裏腹に、火傷《やけど》しそうに熱かった。

ようやっと、行きたかった場所に到達できて、喉の奥から満ち足りた吐息がふーっと漏《も》れる。

「熱い……」

つぶやきと同時に、唇を解放された彼が、怒鳴《どな》りつけてきた。

「勝手なことをするな！」

「ごめんなさい」

ちょっと強引だったことは素直に認めて謝る。どうやら彼は自分のペースを乱されるのがお嫌らしい。

「ちゃんと私の誘導に従《したが》え。そうすれば、お互いに痛みを負《お》うこともなく天国に行け…」

「でも、ほらもう……あなたの中は、俺のことを受け入れてくれてる」

体内の俺がずくっと動くと、彼が「ひっ」と悲鳴をあげた。

「いきなり……動くなっ」

制止を無視してそろそろと腰を引く。ぎりぎりまで引いてから、勢いよく奥までずんっと突き入れた。

「あっ……う……んっ」

びくんっと腰が浮き上がり、白い喉がのけ反《ぞ》る。

「奥、ビクビクしてる。ここ、突かれるのが好きなの？　奥のほうが感じる？」

「動くなって……アッ、……や、め……そんな、と、こ……馬鹿……あぁっ」

突き上げるたびに、薄く開いた唇から艶めいた嬌声《きょうせい》が零れた。

明らかに感じている声。俺を甘く締めつける熱い体内。

口では文句を言っていても、カラダが嫌じゃないって言っている。

確信を得た俺は、それまでの気後《きおく》れや遠慮をかなぐり捨てた。彼の長い脚を抱え上げ、より深い抽挿を送り込む。

「あ、……ん、あ……」

いつしか俺の脳裏からは、名前も知らない男と抱き合うことへの懸念《けねん》はきれいさっぱり消え失せていた。

あるのは、自分が組み敷く美しい人を余すところなく味わい尽くしたいという、プリミティブで激しい欲望のみ。

その情動に突き動かされた俺は、ただひたすら無我夢中で、彼の淫らな体を貪《むさぼ》り続けた。

3

何もかもが夢のようだった。

今となっては、本当に夢だったんじゃないかと疑いそうになる。

(とても現実にあったこととは思えない……)

二十五年間ノーマルだった自分が、ほぼ行きずりに近い形で、同性である男と体を重ねてしまうなんて。

それも、今までの性体験が色あせるほどに、ものすごく……よかった。あんなふうに我を忘れて誰かを貪《むさぼ》ったのは、生まれて初めてかもしれない。

彼もまた、ペースを乱されることにぶつぶつ文句を言いながらも俺を拒《こば》むことはなく、始まってしまえば素直に快感に流され——俺たちは時間を忘れて何度も抱き合った。

めくるめく一夜を過ごした翌朝、まだ痺《しび》れるような甘い余韻《よいん》から抜け出せない乙女モードな俺とは対照的に、彼は至《いた》ってクールだった。

連絡先を教えて欲しいと請《こ》う俺に、昨夜《ゆうべ》の妖艶《ようえん》モードが嘘みたいに素《そ》っ気《け》なく「二度目はない」と言い切った。そうして、俺が支度《したく》をしている間にひとりでさっさとチェックアウトを済ませ、俺を置いて車で帰ってしまった。

さようならの挨拶《あいさつ》もなく。

名前も連絡先も告げず——。

もぬけの殻《から》の駐車場に呆然と立ち尽くす。街でイケメンにナンパされてついふらふらとついていってしまい、喰われた挙げ句《あく》に乗り逃げされた女の子の気持ちがわかるような気がした。

いや、乗ったのは俺だけど。——一応。

さらに喩《たと》えるならば、出会い頭《がしら》に媚薬《びやく》入りの肉を与えられ、尻尾《しっぽ》を振ってがっつき、「もっと、もっと」と鼻を鳴らしておねだりしてみたところ、「おかわりはナシ」とエサ皿を取り上げられた犬状態。

天国から一気に奈落《ならく》の底へ急降下。

ラブホに置き去りにされたあの日から、すべての精気《せいき》を吸い取られたみたいに体に力が入らない。

同期たちにも「まるで覇気《はき》が感じられないが、夏バテか？」と廊下ですれ違うたびに質問されたけど、まさか本当のことを話すわけにはいかなかった。

行きずりの男とベッドインして、一晩でポイ捨てされたなんて言えない！　そんな男としてのアイデンティティにかかわること、口が裂《さ》けても言えない!!

あの美しい人は、本当に俺の体だけが目当てだったのだ。しかも二度目がないということは——。

(彼的には俺とのセックスはよくなかったってことで……)

できれば目を逸《そ》らしたかったけれど、今回の事例《じれい》をさまざまな角度から検証《けんしょう》および推測《すいそく》した結果、昇天《しょうてん》しそうによかったのは俺だけだったというシビアな事実を、悲しいかな認めざるを得なかった。

立ち直れない。

このまま不能になりそうだ。

男としての矜持《きょうじ》と自信を根こそぎ奪《うば》われた俺は、かつて覚えがないほどにへこんだ。男相手は初めてというハンデはあったにせよ、彼を満足させることができなかった自分が情けない。

それでも、リベンジのチャンスさえあれば、もてる力のすべてを尽くして汚名返上《おめいへんじょう》に励《はげ》む覚悟はあるのに。

彼とは、二度と会えない。何せ素性《すじょう》を探る手がかりはひとつもないのだから。まともなホテルならば、顧客《こきゃく》のレジストレーションデータから辿《たど》るという手もあるが、ラブホテルじゃそれも期待できない。

そしてうかつな自分は、またしても彼の車のナンバーをチェックし忘れた。これで二度目の失態《しったい》だ。

(駄目すぎる……刑事失格)

あの夜の尾行《びこう》については、伊吹《いぶき》先輩には秘密にしてある。

先輩との関係は相変わらず距離が縮《ちぢ》まらないまま停滞中だ。俺から話しかけない限りは会話がないので——そしてここ数日は先輩にアタックする気力がとんと湧《わ》かないので——視察から帰ってきた課長に話をしたのかどうかもわからない。

例の教会をネットで調べてみようと『聖ヨセフ・ミクニ教会』で検索したところ、三件の記事がヒットした。正式名称は『聖ヨセフ・美国《みくに》教会』。

やはりプロテスタント系の教会で、『美国』というのは牧師《ぼくし》様のお名前らしい。プロテスタントでありながら、ローマ・カソリックの要素も多分に取り入れた中道的《ちゅうどうてき》な教派であるという説明を読んでから、該当《がいとう》サイトをブックマークする。

「……はぁ」

ノートパソコンのキーボードに切ない嘆息《たんそく》が零《こぼ》れた。

あの夜、教会で見た出来事は充分に不思議な体験だったけど、それもその後の、『あの人』との濃厚《のうこう》な夜の前に吹き飛んでしまった。

あれから——気がつけば、熱に浮かされたみたいに、彼のことばかり考えている。臈長《ろうた》けた美貌《びぼう》、艶《つや》めいた眼差《まなざ》し、少し低めの声、ひんやりと滑《なめ》らかな肌《はだ》……あの夜の一部始終を脳内で繰《く》り返《かえ》し再生し、昨日の夜はついに、残留イメージをオカズに抜いてしまった。出し終わったあとは一層《いっそう》の虚《むな》しさが募《つの》ったのに、今晩もまたリピート再生してしまいそうな自分が怖い。

何をしていても、どこにいても、すべての思考があの夜に流れ、最終的に彼に行きついてしまう。浅い眠りの最中、夢にまで出てくる。

まるで恋煩《こいわずら》いだ。

相手は男で、名前も知らないのに。

誘い慣れていたし、受け入れ慣れてもいた。つまり彼はああいった夜を何度も、いや何十回も過ごしているのかもしれなくて。この先も——下手すれば今この瞬間も俺以外の男と——そう思うと腹の底がぐらぐらと煮《に》え滾《たぎ》る。

妄想《もうそう》の中の相手に嫉妬《しっと》するなんて、俺も相当崖《がけ》っぷちまでキテる。でも彼のことを考えて頭（……と股間《こかん》）が熱くなってしまうのはどうしようもない。

会いたい。もう一度だけでいい。会って抱き合いたい……。

名前も知らない、おそらくはずいぶんと年上の男。

彼のほうはつまみ食い程度の気まぐれでも——それでも、じりじりと募る、俺の会いたい気持ちは止まらなかった。


その後も立ち直りの早い俺にしてはめずらしく浮上《ふじょう》できないまま、二十四時間やるせなくも切ない心情を持て余し、落ち着かない数日を過ごした。

そうして迎えた週末――日曜日。

朝食もそこそこに寮を出た俺は、電車を乗《の》り継《つ》ぎ、例のベッドタウンの駅に降《お》り立《た》った。

彼がこのあたりの住人であるという可能性に縋《すが》っての行動だった。

都心部よりはいくらか人口が少なめとはいえ、再会の可能性は極《きわ》めて低いが、それだってゼロじゃない。あれだけ顔立ちが整《ととの》った男とくれば、そうそうゴロゴロはしていないだろうし、一軒一軒、根気強《こんきづよ》く聞き込みを続けていれば、何か情報が得られるかもしれない。車の傷から割り出す手もある。

このあたりの修理工場をしらみ潰《つぶ》しに当たってみようか。

頭の中で算段《さんだん》をしながら、こんな執着《しゅうちゃく》、自分らしくないと思った。そんなに重たい人間じゃなかったはずだ。二年前に彼女に振られた時だって、一晩呑み明かして吹っ切った。なのに、今回に限ってなんでだろう。

(一方的に断《た》ち切《き》られて、不完全燃焼だからか?)

運良く彼と再会できたところで、この先の進展があるとも思えない。男同士で「つきあう」っていうのも変な話だし、彼にその気がないのも態度から明白《めいはく》。じゃあ、頼み込んでもう一回エッチすれば、それで気が済むのか?

自分でも、自分がどうしたいのかわからない。でも、このままじゃ気が済まないことだけはたしかだ。

(とにかく探し出す。すべてはそれからだ)

心に決め、とりあえずは彼と出会ったあたりまで行ってみようと歩き出す。

記憶にある道を辿って十分後、あの教会に行き着いた。

明るい陽射《ひざ》しの中で見る『聖ヨセフ・美国教会』は、夜とはずいぶん雰囲気が違った。あの時はひんやりと静謐《せいひつ》なイメージだったけど、今は緑に白い壁が映《は》え、牧歌的《ぼっかてき》で明るい雰囲気だ。木漏《こも》れ日《び》に煌《きら》めく十字架《じゅうじか》。どこからか、賛美歌《さんびか》が聞こえてくる。

(懐《なつ》かしい)

子供の頃、よく歌ったっけ。

清《きよ》らかな歌声に引き寄せられるように、俺はふらふらと教会堂《きょうかいどう》に近づいた。

牧師様は礼拝《れいはい》中だろうか。話ができるようなら、先日のお礼が言いたい。

そう思って中を覗《のぞ》き込《こ》んだ俺は、整然と並ぶ信者たちの頭越しになにげなく説教壇《せっきょうだん》を眺《なが》めた刹那《せつな》、雷《かみなり》に打たれでもしたかのような衝撃を受け、全身を震わせた。

「——!」

見間違いかとパチパチ瞬《まばた》きをした。ごしごし目を擦《こす》った。

それほど、あまりに想定外のシチュエーションでの再会。

しかも、今日の彼は、昼の教会と夜の教会ほどに、醸《かも》し出《だ》す雰囲気も先日と違う。まるで別人だった。

慈愛《じあい》に満ちた穏《おだ》やかな笑顔。オールバック気味だった髪形は、今日は前髪が額《ひたい》に下りている。冷ややかで鋭《するど》かった眼鏡《めがね》の奥の目は柔和《にゅうわ》な光を湛《たた》え、目の前の信者たちをやさしく見つめていた。

だけど、間違いない。『あの人』の顔はくっきりと脳裏《のうり》に刻《きざ》み込《こ》まれている。一卵性《いちらんせい》の双子でもない限り、こんなに面差《おもざ》しが似た人間が二人といるはずがない。

「…………」

言葉もなく立ち尽くす俺の視線の先で、黒い祭服《さいふく》に身を包んだ彼が、信者たちを促《うなが》した。

「『主《しゅ》の祈り』を」

それに応《こた》え、信者たちが静かにお祈りを唱《とな》え始《はじ》める。

「天にましますわたしたちの父よ、
願わくはみ名《な》が聖とされますように。
み国《くに》の来たらんことを。
み心が天に行われるとおり、
地にも行われますように。
わたしたちの日ごとの糧《かて》を
今日《こんにち》わたしたちにお与えください。
わたしたちが人をゆるすごとく

わたしたちの罪をおゆるしください。
わたしたちを誘惑におちいらせず、
悪からお救いください」
魂《たましい》を飛ばしている間にお祈りが終わり、俺ははっと我に返った。
（し…信じられない）
明らかになった彼の正体に、叫《さけ》び出《だ》しそうになるのを必死に堪《こら》える。
両目を極限《きょくげん》まで見開く俺の視界の中で、彼が厳《おごそ》かに『主の祈り』を締《し》めくくった。
「アーメン」
――ぼ、牧師……!?

† † †

礼拝が終わり、教会堂の扉から信者たちが三々五々《さんさんご ご》退出《たいしゅつ》してくる。

「先生、夕方の聖餐式《せいさんしき》には出られますか？」

「本日は主教《しゅきょう》が総会に出られているので、私が執《と》り行《おこな》います」

「そうですか。では、また夕方に」

「お待ちしております」

見送りに出てきた彼が、中庭の片隅《かたすみ》に佇《たたず》む俺に気がついた。

「…………っ」

　かすかに肩を揺《ゆ》らした彼の顔から、みるみるやさしげな笑みが消える。白い眉間《みけん》に刻《きざ》まれる縦筋《たてすじ》。

　眼鏡越しに切れ長の双眸《そうぼう》で睨《ね》めつけられて、俺はなんだか嬉《うれ》しくなった。

(ああ……彼だ)

　おそらくあの夜俺が見たのは、彼の裏の顔なのだ。慈悲深い牧師のほうが表の顔ということだろう。

　行きずりの男を引っかけてラブホにしけ込むような裏の顔は、極《ごく》一部の人間しか知らないはずだ。そう思ったら、陶酔《とうすい》に似た優越感《ゆうえつかん》が込み上げてきた。

　もしかしたら、肉親や友人も知らないような彼の素《す》の顔を俺は知っている。それが嬉しい。弱みを握《にぎ》ったとか、そういうことじゃなくて——。

　ここに来るまでは、運良く再会できたとして、その後彼とどうなりたいのか、自分でもわからなかった。

　けれど今、はっきりとわかった。

この人を、自分のものにしたい。体だけじゃ足りない。心も欲しい。

夜の街で晴らさずにいられないようなストレスを抱《かか》えているなら、自分が憂《う》さ晴《ば》らしの捌《は》け口《ぐち》になってもいい。受けとめる覚悟がある。

でも、その他大勢のひとりじゃ嫌だ。

この人の中で特別になりたい。

胸の奥で渦《うず》巻《ま》く、狂おしい欲望を飼《か》い慣《な》らす術《すべ》を模《も》索《さく》しているうちに、腰にサッシュを巻いた黒い祭服の裾《すそ》を捌《さば》きながら、彼がゆっくりと近づいてきた。俺の少し手前で足を止め、低くつぶやく。

「地元の人間じゃないんじゃなかったのか？」

「違います。……でも、あの夜から、どうしてもあなたのことが忘れられなくて、今日はしらみ潰しに当たるつもりで捜索に来ました。よもや一軒目の教会で見つかるとは予想外でしたけど。——牧師様だったんですね」

俺の用件を知った彼の表情が、ますます険《けん》を孕《はら》んだ。

「言ったはずだ。二度目はない、と」

「あまりに一方的すぎて納得できません」

「きみは車の傷の代償《だいしょう》を体で払った。バーターは成立しているはずだ。——帰ってくれ。これから子供礼拝と日曜学校が始まる。きみと話している時間はない」

「終わるまで待っています」

そう簡単には落ちないであろうという予想どおり、敵は手強《てごわ》い。けれど、こっちもここで引くわけにはいかない。

「無駄《むだ》だ。五時から聖餐式がある」

「何時なら空《あ》きますか？」

食い下がる俺に、彼が苛立《いらだ》たしげに眉《まゆ》をひそめた。

「察《さっ》しの悪い男だな。迷惑なんだよ」

「……っ」

「もっとはっきり言おうか？　おまえみたいなガキには興味がない。私はもともと年上が好みなんだ」

自分の行いをすっかり棚《たな》に上げた台詞《セリフ》にかちんと来た俺は、押し殺した低音を落とす。

「だったらなんで俺を誘ったんですか」

彼がふんと鼻を鳴らした。

「あの時は、たまにはジャンクフードも気分が変わっていいかと思ったが、喰ってみたらやはり口に合わなかった」

さも不味《まず》かったと言いたげに顔をしかめられ、こめかみがヒクリと引きつる。

「……そこまで言うなら俺も言わせてもらいますけど」

じわじわと頭に血が上るのを意識しながら、俺は目の前の美貌を挑《いど》むように睨《にら》みつけた。

「聖職者《せいしょくしゃ》である牧師が男と淫《みだ》らな行為をしていいんですか？　たしか同性愛は教義《きょうぎ》で認められていませんよね？」

今度は彼の肩がぴくっと揺れる。

「……脅《おど》すつもりか」

「そういうわけじゃありませんけど」

「きみこそ刑事のくせに恐喝《きょうかつ》行為はどうなんだ？　犯罪だろう」

思いがけない切り返しに息を呑《の》んだ。

「なんで……それを？」

「きみがすっかり油断して寝入っている間に上着を調べた。もし私が犯罪者なら、今頃警察手帳をブラックマーケットに横流ししているぞ？」

冷ややかな声音で指摘され、うっと詰まった。その点に関しては、正直あまりの気持ちよさに昇天して意識が飛んでいたので、申し開きのしようがない。

「きみの素性を知った時には己《おのれ》の軽はずみな衝動《しょうどう》を悔《く》やんだが、やってしまったことは仕方がない」

ため息混じりにつぶやいた彼が、眼鏡のレンズ越しに俺を醒《さ》めた眼差《まなざ》しで見据《みす》える。

「先日のことを周囲に知られたくないのはお互い様だ。条件はイーブン。お互いのためにも、あの夜のことは忘れる。それでいいな？」

念を押された俺は、おもむろに首を横に振った。

「イーブンじゃありませんよ。伊吹先輩の件がある」

「伊吹？」

「俺、見たんです。あの夜、この教会から黒ずくめの男たちが何か大きな荷物を運び出すところを。その中に伊吹先輩もいた。ご存じかどうかわかりませんが、先輩は俺の直属の上司です」

多分にはったりもあったが、彼の表情がより一層険《いっそうけわ》しくなったのを見て、やはりこの人も彼らとかかわりがあるのだと知った。

そのあたりの謎の解明も含め、俺は宣言《せんげん》した。

「俺、あなたのこと諦《あきら》めませんから」

「……無駄だ」

「無駄かどうかはやってみなければわかりません」

「ノーマルのくせに」

「あなたに関してだけ宗旨《しゅうし》替えします。側《そば》にいられるなら、ここの信者になってもいい」

視線と視線がぶつかり、青白い火花が散る。

死んでも先に逸らさないくらいの気合いで視線を合わせ続けていたら、どこからか「先生！」と彼を呼ぶ声が聞こえた。ぴくりと身じろいだ直後、俺の挑戦的な眼差しを断ち切るみたいにくるっと背を向けた彼が、信者の呼びかけに「今行きます」と答えた。

そのまま歩き出そうとする後ろ姿に向かって、俺は「名前！」と叫んだ。

「名前、教えてください」

「自分で調べろ。刑事なんだろ？」

突き放すような冷たい声に、負けじと言い返す。

「どうせわかるんだから、今教えてくれてもいいじゃないですか」

数秒の沈黙のあと、憤怒《ふんぬ》を懸命《けんめい》に抑えつけているような、地を這《は》う低音が告げる。

「……梗一《きょういち》だ」

「梗一さん、ですね」

その名を、俺は噛《か》み締《し》めるように繰り返した。

「ったく、毛並みの良さそうな飼い犬かと思ったら、とんだ狼《おおかみ》だ……手近で済ませようとした罰《ばつ》だな」

後ろを向いたまま、彼が忌々《いまいま》しげに吐き捨てる。

そっちこそ、クールビューティな見た目を裏切ってとんだ性悪《しょうわる》で二重人格だ。見境《みさかい》なく男を銜《くわ》え込《こ》むわ、聖職者にあるまじき淫乱《いんらん》だわ、用が済んだらポイ捨てするわ。

（それでも）

その二面性にすら惹《ひ》かれてしまう自分を止められない。

受難《じゅなん》の道行きだとわかっていても――。


「梗一さん！」

煩《うるさ》そうに振り返った彼の、色素《しきそ》の薄い瞳をまっすぐと見つめ、俺は揺るぎなく告げた。

「俺、いつか絶対にあなたの一番になりますから」

Mission#1

1

『Patisserie《パティスリ》 HIDAKA《ヒダカ》』の朝は早い。

オーナー兼シェフパティシエの日鷹《ひだか》は七時入りだが、一番早い見習いの敦志《あつし》は五時半に店に入る。窯《かま》に火を入れ、拭《ふ》き掃除をしたりタオルを洗ったり、今日一日分の材料を作業台の上に揃《そろ》えたりといったもろもろの準備を整《ととの》え、六時には仕込みを始めるのだ。

店のナンバー2であるスー・シェフの亨《とおる》は六時二十分出勤。

「うーす」

通用口から厨房《ちゅうぼう》に入った亨が声をかけると、厨房の紅一点・小池《こいけ》マリが明るく応《こた》えた。

「おはようございまーす」

挨拶《あいさつ》をしながらも、タルト生地にアーモンドクリームを流し込む手は休めない。マリは製菓学校を卒業後、『HIDAKA』で働き出して今年で四年目の二十四歳。主にタルトとパイ、クロワッサンやブリオッシュなどのヴィエノワズリを担当している。とにかく甘いものが大好きで、パティシエになるのは子供の頃からの夢だったらしい。

「亨さん、おはようっす」

こちらはまだ入店三ヶ月の時田《ときた》敦志が、生クリームをガシガシと掻《か》き混《ま》ぜつつ、頭を下げる。

二十一歳。今はまるっとボウズ頭だが、初めて面接に訪《おとず》れた時は見事な金髪だった。目つき鋭《するど》くいかついルックスにオーナーも採用を悩んだらしいが、最終的には「自分、根性なら誰にも負けません」と言い切った元ヤン青年のやる気を買ったようだ。

実際、今のところは遅刻もせずにがんばっている。

パティシエは、ショーケースに並ぶ商品の最終形態から「甘くてふわふわ。美味《おい》しくしされい」といった世間一般が抱《いだ》くであろうイメージとは異《こと》なり、その実、体力勝負の商売だ。二十キロの小麦の袋を運ぶ力が必要だし（入店以来筋肉がついてスキニーな服が着られなくなったとマリは嘆《なげ》いていた）、何より生クリーム類を扱《あつか》うために厨房の室温設定が常時低めなので体が冷える。朝早い、休みが少ない、仕事がキツイの三重苦。生半可《なまはんか》な気持ちでは続かない。

亨自身は高校時代からこの『HIDAKA』でアルバイトを始め、二年間のフランス留学と修業を含めて十年以上のキャリアがあるので、すっかり体が慣《な》れてしまっているが。

（今みたいな夏場はいいけど、冬がなー、キツイんだよなぁ）

オーナーの作るケーキに憧《あこが》れて、何人ものパティシエ志望者が『HIDAKA』の門戸《もんこ》を叩《たた》いたが、三年以上続いているのはマリだけだ。

厨房に顔を出した亨は、いったん控え室に引っ込み、作業用のユニフォームに着替えた。真っ白なコックコートに黒のボトム、やはり白のタブリエ。コートの袖《そで》を捲《まく》り、後ろで交差したタブリエの腰紐《こしひも》を、腹《はら》の前でぎゅっと縛《しば》る。

壁面《へきめん》の姿見の前で、コック帽を被《かぶ》った。鏡には、まだ少し眠そうな顔が映《うつ》り込《こ》んでいる。昨日、夜遅くまで新作の試作をしていて、寝るのが深夜近くになってしまったせいだ。

「…………」

しゃっきりとしない頭で目の前の見慣れた顔を眺《なが》める。

つるんとした肌《はだ》。男にしては細い眉《まゆ》と二重《ふたえ》の大きな目。鼻筋は細く、唇《くちびる》はぽってりと小さい。童顔――というほどではないが、二十八歳という年齢相応には見えない気がする。この前も敦志に真顔で「亨さんってアイドル顔ですよね」と言われたが、三十代も折り返し地点をとうに過ぎて、そんなことを言われても、ちっとも嬉《うれ》しくない。

フランスの修業時代も、どこの店に行ってもあだ名が『bébé《赤ん坊》』なのが悩みの種だったが、このところ頓《とみ》に自分の年齢不詳《ふしょう》っぷりが気になる。

それでも若い頃は楽観的に、年齢を重ねていくうちに自然と大人になるものと思っていたのだが、どうやらそうでもないらしい――と遅まきながら最近になって漸《よう》く気がついた。

周《まわ》りの同年代と比べても、明らかに自分は男としての成長が遅い。

「髭《ひげ》でも生《は》やそっかな」

ひとりごちてすぐ、一週間放置していても、目を凝《こ》らさなければ見えない程度にちょぼちょぼとしか生えないことを思い出した。

覚えずはーっと息が漏《も》れる。

大人の男の風格とまではいかずとも、年相応の威厳《いげん》が欲しいと思うのは、自分に限っては高望みなんだろうか。

(この薄茶の目が余計に『軽っぽく』見える元凶《げんきょう》だよな)

鏡の中で眉間《みけん》にしわを寄せる。

髪の毛から足の指先まで——全体的に色素《しきそ》が薄いのも、男性ホルモンが少な目なのも、いくら糖分と脂肪《しぼう》分を摂取《せっしゅ》しても太らないのも、どんだけ肉体労働をしてもガチムチな感じに筋肉がつかないのも、DNAの為《な》せる業《わざ》。親譲《ゆず》りの体質ってやつなのか。

しかし、0歳で教会に捨てられた自分には、文句を言いたくとも言う相手がいない。

「ま、しゃーない。これも個性ってやつだ」

ぱんっと顔を両手ではたいた亨は、成長のない自分への若干《じゃっかん》の憂《うれ》いとわずかに残っていた眠気を同時に吹き飛ばした。

「おっし、六時半だ。今日も一日がんばるぜ」

ひんやりと涼《すず》しい厨房に戻り、壁のボードに書き出された『本日作製のアントルメ一覧』を読み上げる。

「エクレール(クレームパティシエール)30、エクレール(モカ)30、エクレール(ショコラ)30、シャルロット・オ・ポワール15、ミルフィユ・グラセ20、フレズェ15、ガト・セルカ20、サンマルク15、ルレ・オ・フリュイ18、オペラ18……」

頭の中に種類と数を叩き込み、何から取りかかるか、即座に段取りを算段した。

「マリ、エクレールの皮は？」

「焼き上がってます」

亨はオーブンに近寄り、取り出した皮の膨《ふく》らみ具合を確認する。

「おー、いい感じじゃん」

自然と明るい声が出た。店の定番人気商品であるエクレールの皮が上手《うま》く焼けると、朝から気分が盛り上がる。

ちなみに、シュー・アラ・クレームではなくエクレールなのは、日鷹のこだわりからだ。フランスのパティスリではシュー・アラ・クレームはほとんど見かけない。同じ理由で『HIDAKA』にはカップ入りのプリンも置いていない。置けばそれなりの需要があるのはわかっているが、あくまでも日鷹は「『HIDAKA』はフランス菓子の店である」ということにこだわりたいようだ。

エクレール皮が焼き上がるのとほぼ同時にクレームパティシエールも炊《た》き上《あ》がり、バニラの甘い香りが厨房に漂《ただよ》う。この、炊き立てのカスタードクリームの匂《にお》いが亨は大好きだった。

この匂いを嗅《か》ぐたび、初めて『HIDAKA』のエクレールを食べた日のことを思い出す。

あの時は、こんなに美味しいものが世の中にあるのかと心から驚いた。

身を切られそうに辛《つら》い気持ちも悲しい想いも、エクレールを食べているその瞬間だけは、消えた――。

「敦志、クレームパティシエールをエクレール皮に詰めて」

「はい」

「それ終わったら冷蔵庫から昨日の仕込み分出してきて」

「了解っす」

敦志に指示を出して、亨自身はスポンジの作製に取りかかった。それから三十分は、各々《おのおの》、持ち分の作業を黙々とこなす。無駄口を叩いている時間は一秒もないからだ。

「おはよう」

午前六時五十分。シェフパティシエの日鷹と、その妻・涼子《りょうこ》が出勤してくる。若い頃にフランスに渡り、MOF（フランス国家最優秀職人）の称号を持っている日鷹は、まだ日本で洋菓子と言えばショートケーキだった時代に、本場の「フランス菓子」を持ち帰った先駆者《せんくしゃ》とも言われている。

十年にも及《およ》ぶヨーロッパ修業から戻った日鷹が、自身が生まれ育った地元であるこの地に『Patisserie HIDAKA』を立ち上げて今年で二十年。

昨今《さっこん》のスイーツブームに乗じたデパートの出店の誘いにも乗らず、二十年変わらず、地元に密着した「町の小さなケーキ屋」というスタンスでここまでやってきた。

職人気質で無愛想、やや気むずかしくて頑固《がんこ》なところもあるが、その菓子職人としての技術力とプライドの高さを、亨は心から尊敬している。

日鷹のほうも、一番弟子である亨に目をかけ、時に厳しく、しかし根気強く、愛情を持って今日まで育ててくれた。

子供のいない日鷹に、「いずれ『HIDAKA』を継《つ》いで欲しい」と請《こ》われ、養子縁組をしたのは四年前だ。孤児《こじ》で養護施設育ちの亨は、以来『日鷹亨』になった。

養父であり、師匠でもある日鷹とは、一緒にこそ住んではいないが、お互いに徒歩五分で行き来できる距離に暮らしている。

「オーナー、仕上げをお願いします」

亨の声かけに日鷹が自分の作業の手を止め、こちらの作業台に向かってきた。

基本的にムースやケーキなどの生菓子類はオーナーと亨のふたりで分担して作る。しかし仕上げだけは別だ。

亨がレシピを考えた新作は例外として、その他の定番商品はすべて日鷹自《みずか》らが最後の仕上げを施《ほどこ》す。これだけはいまだ、一番弟子でスー・シェフの亨にも手出しが許されない領域なのだ。

クリームを絞《しぼ》り、フルーツを盛り、粉を振りかけ、ソースをかける。日鷹の手によって、みるみる生菓子が美しくデコレートされていく。最後の飾り作業に集中している日鷹からは、ぴんと張り詰めた『気』が立《た》ち上《のぼ》っていて、見ているこっちも背筋が伸びるようだ。

ここ二年ほどはシーズン毎《ごと》に新作の考案を任せられるようになり、亭オリジナルのケーキも店に並ぶようになったが、完成度という点ではまだまだ自分は師匠の足許《あしもと》にも及ばない……と、日鷹の仕上げを見るたびに思う。

「よし」

日鷹がうなずくと、妻の涼子がケーキの側面にフィルムを巻き、『Pâtisserie HIDAKA』のロゴ入りエチケットを刺して完成。仕上がった商品はただちにショーケースに並べられる。

そこから先はテンポよく、次々と生菓子が仕上がっていく。すべての商品が完成してショーケースが隙間《すきま》無《な》く埋《う》まったのは九時過ぎ。

ガラスのショーケースの前に腕組みの体勢で仁王立ちした亨は、ずらりと並んだ商品を目を細めて眺めた。列に曲がりがないか、それぞれのケーキが一番美しく見える角度に置かれているかなど、ディスプレイを確認してから、満足げにうなずく。

「おっし。今日もきれいだ」

これにて本日分の生菓子製作は終了。時間内に仕上がってほっと一息だが、しかし、だからといってここで気を抜いてはいられない。

仕事はここからのほうが長いのだ。

腕組みを解き、肩をぐるっと回して凝りをほぐした亨《とおる》は、続けて翌日の仕込みに取りかかるために厨房へ戻った。

本日分の商品が出揃《でそろ》うと、次は翌日のための下準備が始まる。

パイ生地をラミノアで伸ばしたり、マドレーヌやサブレ、マカロン、ダコワーズなどの焼き菓子を作ったり、ゼリーおよびムース類の仕込みをしたり――。店の商品が足りなくなれば、ヌガーやキャラメル、マシュマロなどのコンフィズリ、トリュフを代表としたブシェ・オ・ショコラ、クッキーなどの補充もする。

少数精鋭《せいえい》と言えば聞こえはいいが、とにかく最小限のスタッフ数で現場を回しているので、スー・シェフの亨の分担も軽く通常のふたり分は超《こ》える。本当はもうひとりスタッフがいれば楽になるのだが……人材難はこの付近のどの店も同じ。どうせキツイ思いをするなら、頻繁《ひんぱん》にメディアにパティシエが露出しているような有名店で働きたい。できれば青山《あおやま》とか銀座《ぎんざ》で――そう思う若者の心情もわからなくはないので、なかなか難しいところだ。

休む間もなく厨房が忙しく働いているうちに開店の時間がやってくる。

「いらっしゃいませ」

十一時の開店と同時に常連のお客さんが店に入ってきた。一日の営業の始まりだ。

接客は主に涼子の役目だが、ひとりで手に余る時間帯は、手が空《あ》いている厨房スタッフも手伝う。

「ブリオッシュ三つと、クロワッサンふたつ、あと、エクレールのモカとクレームパティシエールをふたつずつお願いします」

「かしこまりました」

「私はパン・オ・ノア・ショコラとエクレールのショコラをひとつずつ。それとクグロフください」

「クグロフのサイズはいかが致《いた》しますか」

「ハーフサイズで」

開店時はやはり、ランチ用のパン類を買っていく人が多い。

「いつものタルトをいただきたいんだけど、まだホールがあるかしら」

「はい、タルト・ポムですね。ホールもございます」

「早めに寄ってよかったわ。りんごのタルトは人気があるからすぐに売り切れちゃうでしょう？　今日は午後から娘たちが孫をつれて遊びに来るの。みんな、ここのタルトが大好きだから」

「いつもありがとうございます。お嬢さんとはすっかりご無沙汰《ぶさた》しておりますけれど……まあ、上のお嬢さんにはお子さんが三人も？　それは賑《にぎ》やかでよろしいですね。ただいま箱にお入れしますので少々お待ちください」

『HIDAKA』の客はほとんどが地元の住民だ。駅前の商店街から少し外《はず》れた住宅地の一角という立地故《ゆえ》に、散歩ついでの年配客も多く、総じて年齢層は高めだった。中には開店以来の二十年間、三日と空けずに通ってくれているお客さんもいる。

そういった常連客のためにも、クオリティを落とすことはできないと言うのが、日鷹の口癖《くちぐせ》だった。

「なんか今日、朝からけっこうエクレール動いてない？」

亨のつぶやきに敦志が「そうっすね」と同意する。

生ケーキ類は、三時のおやつか食後のデザートとしての需要が高いので、午後から動くことが多いのだが、今日は開店三十分の段階ですでにエクレールの三分の一が売れてしまっていた。

「夕方まで保《も》つかな」

このあたりの数量の配分というのも難しい。生菓子は残ったら破棄《はき》しなければならないから、できるだけ余剰《よじょう》分は出したくないが、かといって、数を制限しすぎて早々にショーケースがガラガラというのも寂《さび》しい。何より、わざわざ足を運んでくれたお客さんのがっかりした顔を見るのは忍びなかった。

一日に作る生菓子のそれぞれの数量は、過去二十年の蓄積《ちくせき》データから推測して日鷹が決めているが、その日の気温や天候によっても微妙に売れ行きは変わるので、たまさか読みが外れることもある。

「オーナー、足りなくなったらエクレール補充しますか？」

亭が問うと、日鷹が壁の時計を見ながらうなずいた。

「そうだな。二時の時点で判断しよう」

ガラスの仕切り越しにショーケースの状況を窺《うかが》いつつも、厨房では仕込みが続く。

やがて開店から一時間が過ぎた。

「キリのいいところで休憩にするぞ」

「はーい」

日鷹のかけ声で漸く休憩に入る。休憩はもう一回、三時半に三十分あるが、昼は一時間だ。

「亭さん、お昼どうします？」

作業の手を止めた亭に敦志が話しかけてきた。

「あ、俺、てきとーに作って食うから」

「じゃあ、俺はちょっと外に出てきます」

「おー、行ってこい」

日鷹が店の裏にある自宅に戻り、敦志が昼食を取りに出かけたあと、厨房で簡単なサンドイッチを作った亭は、弁当持参《じさん》のマリと控え室で食べた。

二十分ほどで食べ終わり、ひとり店に立つ涼子に声をかける。

「涼子さん、接客代わりますよ。休憩行ってください」

「いいの？」

「はい。俺はもう昼食ったんで」

「あ、私もいるんで大丈夫ですよー」

後ろからマリがひょいと顔を覗《のぞ》かせた。

「ありがとう。じゃあ、お言葉に甘えて。一時には戻るから、その前に何かあったら携帯鳴らしてね」

涼子が自宅に戻って五分ほど経《た》った頃、店の前に黒塗《くろぬ》りのリムジンが横付けされた。

ショーケースの奥にマリと並んでいた亨は、何気なくドアに視線を向けた先、ガラス越しに見える場違いなリムジンにぴくっと眉を動かす。

（ん？）

じわじわと眉をひそめている間に、運転席から白手袋をはめた黒服の運転手が降《お》りてきて、後部座席に回り込んだ。

彼によって後ろのドアが開かれ、中からスーツの男が現れる。

日本人離れした九頭身。長い手足に広い肩幅《かたはば》。均整の取れた長身が纏《まと》うロイヤルブルーのスーツが、ちょっとしたブランドの既製服《きせいふく》と似て非なるものであることは、自身はまるでスーツに縁のない亨にだってわかる。

ピカピカに磨《みが》き上《あ》げられた革靴《かわぐつ》で石畳《いしだたみ》を踏み締め、まっすぐ『HIDAKA』に向かって歩い

てきた男が、ガラスのドアに手をかけ、押し開けた。

「い、いらっしゃいませっ」

明らかに普段より一オクターブ高いマリの声が店内に響く。

店の中に入ってきた、見るからに『HIDAKA』の客層からは大きく外れた男に、亨は露骨《ろこつ》に顔をしかめた。

近くで見れば、男のスーツが本当に仕立てのいいものだとはっきりわかる。

プレスのきいた白いシャツに光沢《こうたく》のあるネクタイ。胸元には共布《ともぎれ》のチーフ。

しかも上質なのは外側だけじゃない。時々高級ブランドの服に逆に「着られて」いるようなプチ成金がいるが、男のルックスは決して上等な身なりに負けていなかった。

彫《ほ》りが深く、端整でいて甘い顔立ち。秀《ひい》でた額《ひたい》に高い鼻梁《びりょう》。くっきりと濃い眉の下の黒い瞳は知的な輝きを放ち、口許にはそこはかとなく気品が漂う。

人並み以上に整ってはいるが決して女性的ではなく、きちんと男性的な魅力も兼《か》ね備《そな》えている。

「秋守《あきもり》……」

見るたび、同じ男としてコンプレックスを刺激する幼なじみの名前を、亨は嫌そうに口にした。

「おまえなー、悪目立ちすっから店の前にでっかい車停《と》めるなっていっつも言ってんだろ？」

しかしつきあいの長い秋守は亨の口の悪さには慣れたもので、にこやかに「悪かった。今退《ど》かせるよ」と請《う》け合《あ》う。背後を振り向き、運転手に合図をしてから、もう一度振り返った。

「こんにちは」

耳に心地いい低音で挨拶されたマリが、隣りで息を呑《の》むのがわかる。

「こ、こんにちはっ」

「この前、マリちゃんが手に入らないと言っていたミュージカルのチケットなんだけど」

言いながら、秋守はスーツの胸元に手を入れ、中から白い封筒を取り出した。

「たまたま手に入ったから、これ、もしよかったら」

「えっ……」

封筒を差し出され、マリがただでさえ大きな目をめいっぱい見開く。

「二枚あるので、お友達を誘って行ってください」

「いっ、いいんですか!? だってこのチケット、ネットのオークションでも高騰《こうとう》してて……っ」

「その日は出張で日本にいない予定なんだ。無駄にしてしまうのは勿体《もったい》ないので、使ってもらえたら有《あ》り難《がた》い」

「あ、ありがとうございます!」

「こちらこそ」

「あ、あの……チケット代は？」

おずおずとした問いかけに、秋守が首を横に振った。

「気にしないでいいよ。マリちゃんには、いつも美味しいタルトを食べさせてもらっているから、そのお礼」

「そんな……♡」

ぽやんとした声に亨が横目でちらっと窺うと、マリの目はわかりやすくハート型になっていた。

おそらく、マリにはこいつが『ブリオーニのハンドメイドスーツを着た王子様』に見えているに違いない。

（ま、当たらずとも遠からずだけどな）

士堂《しどう》秋守。

士堂財閥を仕切る名門士堂家の御曹司《おんぞうし》で、士堂グループの次期総帥《そうすい》と目《もく》され、弱冠《じゃっかん》二十八歳にして、グループ系列総合商社『士堂物産』の取締役兼欧州《ヨーロッパ》総支配人を務《つと》める、セレブ中のセレブ。

ついこの前も、女性向け雑誌の特集『最上級の男——今もっとも旬なサラブレッドセレブ』の第一位に選ばれていた……らしい。（マリ談）

おまけに英国《イギリス》ケンブリッジ大学を卒業したあと、ハーバード・ビジネス・スクールに進み、米国《アメリカ》公認会計士の免許とMBAを取得したエリート中のエリート。

顔・知性・家柄・地位・財力——ここまで揃うと完璧すぎて嫌みなくらいだ。

たぶん、こいつって男の友達少ないと思う。自分だって幼なじみの腐《くさ》れ縁がなかったら、こんなやつとつきあわねぇもん。

（どこで会得《えとく》したんだか、女のあしらいもそつないしなー。こーゆーの、フェミニストってぇの？）

鼻白《はなじろ》む気分でぽりぽり頭を掻《か》いていると、マリから亨に視線を転じた秋守が問いかけてきた。

「今日は店に出てるんだな？」

「涼子さんが休憩に出てるからピンチヒッター。そう言うおまえこそ仕事暇《ひま》なのか？　先々週も来たばっかじゃん」

嫌みを込めた質問はあっさり受け流して、秋守が鷹揚《おうよう》に微笑《ほほえ》む。

「移動でちょうど近くを通りかかったので寄ってみた。ここのケーキは秘書たちに評判がいいんだ」

（ほんとかよ？）

都心から離れたこんな郊外《こうがい》に秋守の仕事先があるとも思えない。本当に近くを通りかかったかどうか怪《あや》しいものだと内心で訝《いぶか》りながら、亨は言い返した。

「それにしたって、わざわざおまえが買いに来なくても、それこそ秘書にでも頼めばいいじゃん」

それでも秋守はいっこうに怯《ひる》まず、にこやかに告げる。

「ケーキを購入するついでにおまえの顔を見るのが楽しみなんだー」

「……はぁ？」

「元気そうでよかった」

黒い瞳がじっと見つめてきて、そのまっすぐな眼差《まなざ》しから亨は微妙に目を逸《そ》らした。

「……おとつい電話で話したじゃん」

「話したせいで余計に会いたくなったんだ」

臆面《おくめん》もない物言いにカッと顔が熱くなる。

（こいつ……っ）

長きに亘《わた》った海外生活のせいか、秋守は時々平気でこの手の赤面系の台詞《セリフ》を口にする。おそらく本人は無自覚なんであろうところが、余計に質《たち》が悪いのだ。

おまえなー、わかってんのか？　それってほとんど女に対する口説《くど》き文句だぞ？

喉元《のどもと》まで迫《せ》り上《あ》がったツッコミをぐっと堪《こら》え、うっすら赤い顔で目の前の男を睨《にら》みつける。

するとほどなくドアが開いて常連客の主婦が入ってきた。

「いらっしゃいませー」

マリが声をかける。亨は秋守を促《うなが》した。

「おい、どれ買うんだよ？　さっさと選べ」

ぶっきらぼうな催促《さいそく》に、秋守がショーケースを見下ろす。

「そうだな……まずはエクレールのモカ・ショコラ・クレームパティシエールを十個ずつ、シャルロット、ミルフィユ、フレズエ、ガト・モカ、サンマルク、フリュイ、オペラをそれぞれ五個ずつもらおうか。それと、タルト・フィグとタルト・ポム、パテ・オ・ポワールを二ピースずつ」

「それって結局全種類じゃん……おまえんとこ何人秘書がいるんだよ？」

これで補充確定だと思いつつ、亨が唇を尖《とが》らせると、秋守は大概《たいがい》の女子がうっとり見蕩《みし》れるに違いないノーブルな笑顔を美しい貌《かお》に浮かべた。

「秘書は三名だが、直轄《ちょっかつ》の部署の女子社員が三十名いる。余った分は邸《やしき》の使用人たちのみやげにするつもりだ」


一番大きなサイズにぎっしりと詰めた生菓子を五箱分、秋守の運転手が抱《かか》えて店を出ていったあと、入れ違いで涼子が自宅から戻ってきたので、亨とマリは厨房に下がった。

タブリエの紐を結び直しながら、マリがはーっとため息《いき》を吐《つ》く。

「ほんと、士堂さんっていつ見てもカッコイイですよねー。超セレブなのに気取ってなくて……紳士でやさしいし」

白い封筒に頬《ほお》をすり寄せ、うっとりつぶやくマリに亨は釘を刺した。

「彼女いるぞー」

「えっ、そうなんですか⁉」

「美人女医。ロンドンと東京で遠恋中だけどな」

「うそぉっ……」

「残念ながら嘘じゃない」

実は、前々からいつか折を見て言わなければと思っていたのだが、乙女の夢を砕《くだ》くのは忍びなくて、躊躇《ちゅうちょ》していたのだ。

だが、今日の秋守の無意識のフェミニストぶりとマリの舞い上がりっぷりを見て、これはいい加減釘を刺しておくべきだと心に決めた次第だった。

（ったく。おまえみたいな男が無闇に年頃の女の子にやさしくするのは罪悪なんだってこと自覚しろ）

亨自身は色恋事に疎《うと》く、二十八年間まともに彼女がいた経験もないが、男の中途半端《はんぱ》なやさしさが罪であることくらいはわかる。

「なんで今まで教えてくれなかったんですかぁっ」

る。

「だって別に訊《き》かなかったじゃん」

「そうだけどぉ！　ショックゥウ！」

悲鳴をあげてマリが騒いでいると、昼の外出から戻ってきた敦志が会話に首を突っ込んでくる。

「何がショックなんすか？」

「今、秋守が来てたんだよ。あいつのおかげでエクレール補充決定だ。あの野郎、ブルジョア買いしやがって」

「あ、本当だ。もうあと十個切ってる」

ガラスの仕切り越しにショーケースをチェックしてつぶやく敦志に、マリが泣きついた。

「敦志くん、聞いてよ！　士堂さん、彼女いるんだってぇ……ショックだよぉ」

「つーか、その前にそもそも釣《つ》り合《あ》わないでしょ。相手は士堂財閥の御曹司っすよ？」

敦志の冷静な突っ込みにマリがぷーっと膨れる。

「わかってるもん。……でも憧《あこが》れるくらいいいじゃないよぅ」

「けど、下手すりゃ芸能人より遠い人っすよ？」

「だからそんなのわかってるってば。雲の上の人だってくらい」

マリの今にも泣き出しそうな声を耳に、亨はコック帽を被り直した。心を鬼にして、敢《あ》えて厳しい声を出す。

「マリ、無駄口叩いてないで、エクレール皮の用意。敦志、牛乳と卵運んできて」

「はい」

「……はーい」

「炊き上がりと焼き上がりの時間合わせるぞ」

「はい」

漸くマリの声がしゃきっとする。

(今日は夕飯でも奢《おご》ってやるか)

クレームパティシエールの準備に取りかかりながら、亨は心の中でつぶやいた。ほどなく、脳裏にふっと先程のマリの台詞が浮かぶ。

――だからそんなのわかってるってば。雲の上の人だってくらい。

雲の上、か。

(たしかにな)

それでも、昔の秋守と自分は同じ境遇《きょうぐう》だった。

同じ年のクリスマスに、教会の前に捨てられていた赤ん坊。

亨が二十四日のイブの夜。そして秋守が二十五日の朝。

自分と違って、秋守には牧師《ぼくし》様宛《あて》の手紙が添えられてあったらしい。『秋守』という名前、十月二十二日生まれであること。端整《たんせい》な女性の文字で「事情があって手放します。この子をどうかよろしくお願い致します」と短く一言――。

教会に併設《へいせつ》された養護施設で、秋守と亨は兄弟同然に育った。年齢が同じだったから、双子と言ってもいいかもしれない。

『やーい、捨て子！　教会の子はぜーんぶ捨て子だぁ！』

子供は無邪気で残酷《ざんこく》だ。そしていつだって自分たちの獲物《えもの》を求めている。

亨はやられたら倍にして返すタイプだったので、そのうち誰も手出ししてこなくなったが、その分、孤児たちの中で一番おとなしい秋守が狙《ねら》われるようになった。

いじめっ子グループに待ち伏せされて小突かれ、殴《なぐ》られても、秋守はそのことを誰にも言わなかった。親代わりの牧師様に心配をかけまいと、何をされても黙って耐えていた。

だから亨は、秋守の顔に痣《あざ》を見つけるたび、いじめっ子のリーダーの家にすっ飛んでいった。

自分より背も高くて体重も十キロ以上重い、ふたつも年長の相手ととっ組み合いの喧嘩《けんか》をした。

殴り、殴られ、地面をゴロゴロ転がって、全身傷だらけになる。それでもなんとか勝利し、馬乗りでいじめっ子の首根っこを押さえつけ、『二度といじめません』と誓わせて戻ってくると、教会の門の前で秋守が待っていた。

『ごめんね、亨。ぼくのために……ごめん』

つぶらな黒い瞳に涙を溜めて跪《ひざまず》き、亨の膝《ひざ》の傷にハンカチを押し当てる。

『血、出てる……痛い？』

亨はわざと邪険《じゃけん》に秋守の顔を押《お》し退《の》けた。

『こんなの傷のうちに入んねぇよ。おまえこそ、男のくせにめそめそすんな』

『うん……ごめん』

『もう二度とおまえに手出しできないように、今度こそボコボコにしてきたからさ』

『……うん』

『おまえもさ、何されてもおとなしくしてっから、あいつらいい気になるんだぞ？　たまにはガツンとやり返せよ。本当は運動神経だって悪くないんだからさ』

『でもぼく……暴力は嫌いなんだ』

『秋守はやさしいからな』

かわいい秋守。よわっちくておとなしくて泣き虫な秋守。だけど本当はすごくかしこくて、何をやらせても器用にこなす秋守。

秋守は心がやさしすぎるから、自分が護《まも》らなきゃいけない。

いつの日か、秋守が護るべき誰かを見つけるまで。

それまでは、子犬みたいにじゃれあって生きていくのだと信じていた。

十四歳の冬までは――。

あの日突然、黒い大きな車が教会の前に停まって、中から黒服の男たちを従《したが》えた着物姿の老夫婦が現れた。

『この手紙の筆跡は、たしかに娘の秋恵《あきえ》の字です。間違いありません』

『それにこの子は面差《おもざ》しが娘にそっくりだわ！』

老夫婦は、秋守が、今は亡きひとり娘の忘れ形見であると主張した。長い間行方知れずだった孫を、長年の捜索の末に漸く見つけ、迎えに来たのだと。

彼らは大金持ちで、すぐに血液鑑定が行われ、その主張が正しいことが証明された。

かわいそうな捨て子から一転、財閥士堂家直系の血を継ぐただひとりの男子であることが判明した秋守は、施設を出て祖父母の元で暮らすこととなった。

『そんなの絶対に嫌だ！』

どんな時も一緒で、双子のように育った秋守と引き離される衝撃に、亨はしたたか打ちのめされた。

『嫌だ！　嫌だ！　嫌だ！』

秋守との別離が決まってから、亨は駄々っ子のように繰《く》り返《かえ》し、泣いて泣いて……このまま目が溶《と》けてしまうんじゃないかと思うくらいに泣いた。それまではほとんど泣いたことがなかったから、あの時で一生分の涙を使い果たした気がする。

不思議なことに、秋守は泣かなかった。その顔は強《こわ》ばり、青ざめてはいたけれど、しっかりとした口調で亨を宥《なだ》めた。

『お願いだから泣かないでくれ。いつでも会えるから。亨が望めば、いつだってここに会いに戻って来るから』

『そんなこと言って、おまえまで俺を捨てるのかよ？』

ひどいことを言った。秋守だって自ら望んだ別離ではなかったのに。

今思えば、子供だったのだ。自分の受けた傷だけでいっぱいいっぱいで、秋守の心情を思いやる余裕もなく……。

八つ当たりに秋守はすごく悲しい顔をしたけれど、それでも声を荒らげることもなく、根気強く繰り返した。

『亨が望めば、いつだって会いに戻って来る』

『本当に……本当だな？　神様に誓って本当だな？』

真剣な顔で秋守がうなずく。胸の前で十字を切り、亨の手をしっかりと握《にぎ》った。

『神様に誓う』

そう約束したのに……。

粉雪がちらつく十二月の寒い朝——黒い車で去った秋守は、一緒に過ごそうと約束していたその年のクリスマスに教会に現れなかった。電話は繋《つな》がらず、手紙にも返事はなかった。痺《しび》れを切らして訪《おとず》れた士堂家の屋敷はお城のように大きく、鉄の門がそびえ立ち、黒服のボディガードが睨みをきかせていた。ごく普通の中学生が敷地内に潜《もぐ》り込《こ》めるような隙《すき》はどこにもなかった。

施設を出て間もなく、秋守がロンドンに留学したことを亨が知ったのは、ずいぶんと後になってからだ。

それでも、自分は捨てられたのだと認めたくなくて……秋守からの連絡をあてどなく待ち続けながら、やがて亨は気がついた。

ずっと、秋守は自分がいなきゃ駄目なんだと思っていたけれど、そうじゃなかった。いつの間にか秋守は自分よりずっと大人になっていて……より秋守を必要としていたのは自分のほうだったのだということに。

2

午後七時。

『HIDAKA《ヒダカ》』の閉店と同時に、今日もあわただしかった一日の業務が終了した。

後片付けのあと、シャッターを下ろした店内を見回り、補充すべき商品のチェックをした亨《とおる》は、これからレジを締《し》める涼子《りょうこ》と日鷹《ひだか》に「お疲れ様でした」と挨拶《あいさつ》をして控え室に下がった。

コック帽を取り、コートから私服に着替えていると、ドアがガチャリと開き、敦志《あつし》が入ってくる。

「掃除終わりました」

「おー、お疲れ。――マリは？」

「あー、なんか今日は友達と約束してるからって速攻で帰りました」

「そっか」

なんだ。せっかくメシを奢《おご》ってやろうと思っていたのに。

おそらく、女友達に秋守《あきもり》の彼女の件で愚痴《ぐち》を聞いてもらいつつ憂《う》さ晴《ば》らしと市場調査を兼《か》ねてカフェスイーツの梯子《はしご》でもするんだろう。まぁ、それで気が晴れて元気になればいいし、まだ今後も引きずるようなら、その時こそ夕飯に誘ってやればいい。

そんなことをつらつら考えているうちに、隣りのロッカーから敦志が話しかけてきた。

「あの、前から訊《き》いてみたいと思ってたんですけど」

「何？」

「亨さんって、なんでパティシエになったんすか？」

いまさらな疑問を投げかけられて、いささか面食《めんく》らう。

「なんだよ、今頃」

「や。だから前から訊きたかったんですけど、なかなか機会がなくて」

言われてみれば、敦志が店に来てまだ三ヶ月だ。仕事の覚えが早いのと妙に肝《きも》が据《す》わっているところがあるので、もう何年も一緒に働いているような気がしてしまっていたが……。その上、亨は酒が強くないので、仕事のあとで呑《の》みに行くようなこともなかった。

「マリさんの甘いもの好きが高じてっていうのは見てればわかりますけど、亨さんは何がきっかけなんだろうって」

敦志自身は、高校卒業後、今年の頭まではこれといった定職につかずにふらふらしていたが、たったひとりの肉親である母親が病《やまい》に倒れたのをきっかけに心を入れ替え、まじめに働くことを決意したらしい。

パティシエを選んだ理由は、手に職をつけたかったのと、ゆくゆくは独立して自分の店を持てる可能性があること、それと甘いものが好きな母親に自分の手作りのケーキを食べさせたくて……という話だった。

「まぁ、俺も甘党ってのが基本だけど」

脱いだコックコートを畳《たた》みながら、亨は敦志の質問に答えた。

「きっかけは……中学ん時にさ、俺、拒食症っぽくなって、数ヶ月でガリガリに痩《や》せちまったんだよね」

「拒食症？」

敦志がTシャツの裾《すそ》を引っ張っていた手を止めて、驚いたように目を瞠《みは》った。

「意外っすね」

その顔には「そんなセンシティブなタイプには見えない」と書いてある。

「だろ？　あの頃は我ながら繊細《せんさい》だったよなー。ま、多感なお年頃だったしな」

十四歳の冬から始まった暗黒の時代。二十八年間の人生の中でも、その間の記憶はなぜかモノクロだ。その他はちゃんとフルカラーで再生できるのに——。

『お願いだから泣かないでくれ。いつでも会えるから。亨が望めば、いつだってここに会いに戻って来るから』

突然の別離も身を切る辛《つら》さだったけれど、それより何より亨の心をじわじわと蝕《むしば》んだのは、黒い車で去って以降、秋守からの連絡がまったくないことだった。

それでもまだしばらくは、わずかな可能性に縋《すが》っていた。秋守を信じていた。

『本当に……本当だな？　神様に誓って本当だな？』

『神様に誓う』

あの時、神様に誓ったんだから、秋守が誓いを違《たが》えるはずはない。連絡を寄越《よこ》さないのには、おそらくなんらかの事情があるのだ。今に会いに来てくれる。明日か、明後日《あさって》か、わからないけれど、いつかきっと……。

それが一年後のクリスマスの朝に、不意に自覚した。

もう連絡は来ない。どんなに待っても無駄だ。

自分は秋守に捨てられたんだ。

自覚の瞬間から、徐々《じょじょ》に食欲を失っていって、数ヶ月で体重が十五キロ近く減った。もともとが痩せていたから腕も脚《あし》も小枝みたいに細くなってしまい、自分でも当時の写真は痛々しくて正視できない。

かろうじて学校には通って授業は受けていたけれど、頭はいつもぼんやりしていて集中できなかった。何もかもかったるくて、まったくやる気が出なかった。たぶん、成長期に充分なだけの栄養が行き渡っていなかったせいだろう。

「日に日に痩せていく俺を心配した身内が、もともと好きだった甘いものなら食べられるかもしれないって、日替わりでいろんなお菓子やケーキを買ってきてくれたんだ。せっかくだから悪いと思って口に入れるんだけど、全然味がしなくて後で吐き出したりして……余計落ち込んでた」

「味がしないって、想像するだけで辛いっすよね。たしかにそれじゃあ食欲湧《わ》かないかも」

「あの時はストレス障害で味覚が麻痺していたんだろうな。そうこうしているうちに、身内のひとりが『HIDAKA』のエクレールを買ってきた。どうせまた駄目だと思ったけど、とりあえず口に入れたら、それまで何を食べても味を感じなかったのに、『あ、美味《おい》しい！』って思ったんだ。あの時、口の中にふわっと広がったクレームパティシエールの素朴《そぼく》でやさしい味は、今でもすげー鮮明に覚えてる」

「へー、すごいっすね。師匠のクレームパティシエール」

敦志が感心したような声を出す。

「それからちょっとずつ食欲が戻ってきてさ。結局、一年くらいかけて元に戻った。元気になってからも、あのクレームパティシエールの味が忘れられなくて、ほとんど毎日『HIDAKA』に通ってたら、『そんなにうちのケーキが好きならアルバイトをしないか』ってオーナーに誘われたのが、今にしてみればこの道に入ったきっかけ。——で、どうやら水が合ってたらしくて、そのまま現在に至《いた》るってわけ」

長い過去話を語り終えた亨は、ふっと息を吐いた。

昔は振り返るのさえ辛かった思春期の傷を、今はこうして『思い出話』として後輩に語ってきかせることができる。

十数年の時を経《へ》て、こんな自分でも少しは成長したってことなのか。

「甘いものって、食べると無条件に元気出るじゃん。糖分摂取《せっしゅ》ってだけじゃなく、脳内幸せ物質が出るっていうかさ。俺がオーナーのエクレールに救われたみたいに、いつか自分の作ったケーキで誰かを元気づけたり、幸せな気分にすることができたらいいなぁって思うけどな」

「うん、いいっすよね。そういうの」

「だろ？　でもまだまだだな。先は長いよ。日々是《これ》修業っつーか」

亨が肩をひょいと竦《すく》めると、敦志が「そう言えば」とつぶやく。

「なんだ？」

「亨さん、ルックスいいし、フランスに留学までしてるのに、雑誌の取材とか全部断ってるってマリさんに聞いて……そういうのって興味ないんすか？」

たしかに、マスコミ嫌いの日鷹の代わりに取材を申し込まれることはある。つい先月も、若手パティシエを特集したいと、テレビ出演のオファーが来た。忙しいからと断ったけれど。

「そういうのって……本出したり、テレビ出たりとかか？」

「はい」

亨は笑って頭を左右に振った。

「ないなー。面倒《めんどう》じゃん、そーゆーの」

「そうすか？」

敦志が真顔で首をひねる。

「せっかくのチャンスだし、なんか勿体《もったい》ない気しますけどね」

チャンス、か。

そんなふうに思うのが普通なんだろうな。

「俺は、この店で地元のお客さん相手にボチボチやってくので充分だよ」

笑ってそう言うと、これでこの話は打ち切りとばかりに、亨はロッカーの扉をバタンと閉めた。

――そうだ、もともとの身内に加え、今は日鷹夫婦という『家族』がいて、マリや敦志といった職場の仲間もいる。

(秋守も帰ってきた……)

ぽっかりと胸に穴が空《あ》いたみたいだったあの頃とは、比べようもないほどに幸せだ。

† † †

「亨さん」

秋守の突然の来店から一週間。

その日も忙しいながらも無事に一日の業務が終わり、コックコートを脱いだ亨がナッソリックを抱《かか》えて控え室から出ると、やはり私服に着替えたマリが声をかけてきた。

「今、敦志くんと帰りにラーメン寄ってこうって話してたんですけど、亨さんも一緒しませんか？」

マリは先週のあの日、スイーツの梯子で発散したのか、翌朝にはすっかり元気になって出勤してきた。立ち直りの早いところが、自他共に認めるマリの最大の長所だ。

「ごめん、俺、これから教会なんだ」

亨の返答にマリが「あ、そうか」と手を叩《たた》く。

「今日って第三月曜日でしたっけ」

「おー。てなわけで、ラーメンはまた今度な」

「はい、お疲れ様です」

「お疲れー」

マリに片手を挙《あ》げ、亨は裏口から店を出た。路肩に停《と》めてあった自転車に歩み寄る。チェーンロックを外《はず》し、愛車に跨《また》ぎ乗《の》った。

シルバーボディのロードバイクは、亨の通勤の供だ。アパートまでは徒歩でも五分の距離だが、こいつならさらに四分短縮できる。朝はできる限りギリギリまで寝ていたいので、心強い相棒だった。

陽《ひ》が落ちたとはいえ、まだ風は充分に生あたたかい。

薄闇の中、駅からは逆方向に住宅街を走るにつれて、どんどんと緑が深まっていく。

亨にとっては二十数年見慣《みな》れた馴染《なじ》みの風景だ。それでも畑だった場所に新しく住宅が建ったりして、十年一日《いちじつ》のごとく同じ景色とは言えないけれど。

人通りが乏《とぼ》しく寂《さび》しい一本道をさらに走るうちに、やがて煉瓦《れんが》を積み上げた塀《へい》が現れた。塀の上から、尖《とが》った屋根がにょきっと突き出ている。この近辺で唯一の大きな建物だ。塀に添ってしばらく進み、両開きの鉄の格子《こうし》の前でスピードを落とす。

自転車に跨ったまま門を開け、色鮮やかな花が咲き乱れる中庭を通り抜ける。

辿《たど》り着《つ》いた石造りの洋風の建物の前で、亨は自転車を降《お》りた。ツタが這《は》う壁に凭《もた》せかけるようにして愛車を停める。

額《ひたい》の汗を手の甲《こう》で拭《ぬぐ》い、ふっと空を仰《あお》いだ。

「すげー、きれいな三日月」

群青色《ぐんじょういろ》の闇に溶《と》け込《こ》むような建物の、一番目立つ位置に、十字架《じゅうじか》が月の光を受けてひんやりと輝いている。

思わず無意識のままに胸の前で十字を切った。洗礼を受けたのが赤ん坊の時分だったせいもあり、普段は熱心な信者とは言《い》い難《がた》い亨だが、教会の敷地内に足を踏み入れれば、おのずと神妙な気分になる。

十八歳で独立するまで暮らした『聖ヨセフ・美国《みくに》教会』は、言うなれば亨の実家のようなものだ。

とは言っても、実際に暮らしたのは養護施設で、その『美国ハウス』は牧師館《ぼくしかん》と隣接した裏手にあるのだが。

まっすぐ教会堂《きょうかいどう》へ向かい、木製の両開きのドアを押し開ける。

まず目に入るのは、正面の壁にかかった、十字だけのシンプルな十字架だ。次に、左右二列に整然と並んだ木製のベンチ。そのベンチの奥、正面の十字架の下には、燭台《しょくだい》が置かれた祭《さい》壇《だん》が見える。

極力華美《かび》な装飾を排《はい》した、こぢんまりとした教会堂の中には、すでに二名の先客の姿があった。

ひとりは、日本人離れした体躯《たいく》をグレーのスーツに包んだ男。ベンチの最後列に腰掛け、腕組みをして目を閉じている。

「由利《ゆり》」

亨が名前を呼ぶと、彫像《ちょうぞう》めいた横顔がゆっくりと目を開いた。『ユリ』という名の持つ可憐なイメージとは、およそそぐわない強面《こわもて》の男が視線を向けてくる。

二十数年のつきあいの亨でさえ、一瞬怯《ひる》む眼光《がんこう》の鋭《するど》さ。この男のガンつけと、頑強《がんきょう》な全身から立《た》ち上《のぼ》る威圧《いあつ》オーラは一種の職業病だ。

「仕事、大丈夫なのか？」

今抱えているヤマが佳境だと聞いていたので尋《たず》ねると、

「終わってから戻る」

渋い低音が答えた。

伊吹《いぶき》由利。新宿《しんじゅく》署の刑事課強行犯《きょうこうはん》係に所属する刑事だ。階級は、たしかもうじき警部補《けいぶほ》になるんだったか。年齢は亨よりひとつ上になる。

「彼方《かなた》は？」

伊吹とは別の列で、長い脚を行儀《ぎょうぎ》悪くベンチに投げ出している男の名前を呼んだ。気怠《けだる》そうに亨を振り返った男が、かすれたハスキーボイスで答える。

「今日は一日フリーだったから」

こちらは伊吹とは対照的に、小柄《こがら》で全体的にスリムだ。長い手脚。さらさらの黒髪と驚異的に小さな顔。眦《まなじり》の吊《つ》り上《あ》がった猫のような目。黒猫よろしく、いつも黒い服ばかり着ている。

藤生《ふじお》彼方。年齢は亨のひとつ下。美大を卒業後、美術館の学芸員をやっていたが、今は退職してフリーランスになっている。

共に『美国ハウス』出身の、ふたりの幼なじみの顔を見て、それぞれが元気そうなことを確認してから、亨はもうひとりのメンバーの所在を尋ねた。

「秋守は？」

彼方が肩を竦める。

「まだ来てないけど。エリート様はお忙しいんじゃないの？」

含むものがあるその物言いに、亨は内心でこっそりため息《いき》を吐《つ》いた。

まさしく猫の習性さながら、きまぐれで気分屋な彼方だが、どうやら今日はあまり機嫌がよろしくないようだ。

（ぶつからねーといいけど）

「この前のミッションも不参加だったしねー」

彼方のつぶやきに、亨はぴくりと眉《まゆ》を蠢《うごめ》かした。

「あん時は仕事で日本にいなかったんだから、しょーがねぇじゃん」

「ふーん。……庇《かば》うんだ？」

ああ言えばこう言う。

こういった時の彼方は何を言ってもねちねち絡《から》んでくるので、放っておくに限るとわかっている。伊吹など「どこかで猫がミーミー啼《な》いてる」ぐらいにしか思っていないらしく、毛ほどにも動じず、ふたたび目を閉じて完全無視を決め込んでいるが、こればっかりは性分だ。

「なんだよ？　その嫌みくせー言い方は？」

「別にー」

「感じ悪《わり》ぃ。つか、おまえ、脚下ろせよ。行儀悪いぞ」

つかつかと彼方に歩み寄り、ベンチに投げ出された脚をぺしっと叩く。

「痛っ。何すんだよ」

「躾《しつけ》だ、躾。お仕置き！」

ヘッドロックをかけ、猫をかまう要領で弟分とじゃれ合っていると、ギィ…と両開きの扉が開いた。長身のスーツの男が、めずらしくあわてた様子で中に入ってくる。

「お、来た来た」

彼方から手を離し、上体をひねった亨は、敢《あ》えて明るく秋守に声をかけた。

「十五分遅刻だぞー」

「すまない、遅くなった」

相当に急いで来たのだろう。前髪が少し乱れている。

「パパは？」

それでも美男オーラは微塵《みじん》も霞《かす》まない秋守に問いかけられ、亨は「まだ」と答えた。

「チビたちと食後の団欒《だんらん》してるんじゃね？」

「そうか、よかった。六時半には会社を出られる予定だったんだが、五時からの会議が長引いてしまって…」

「無理して来ることないんじゃないの？　別に義務じゃないんだからさ」

秋守のエクスキューズを遮《さえぎ》るように、彼方が尖った声を放つ。シニカルな物言いは彼方の十八番とはいえ、とりわけ秋守に対してキツイ——と感じるのは気のせいじゃないはずだ。

「……義務だとは思っていない」

わずかに眉根を寄せた秋守が、彼方のほうに視線を向けて低い声を落とした。秋守と彼方の視線がかち合い、パチッと火花が散る。

(うわ。いきなり来た！)

嫌な予感的中。

腹の中で顔をしかめ、亨はすぐ側にある彼方の肩を肘《ひじ》で小突いた。

「彼方、秋守だって忙しいところをわざわざ来てるんだから」

秋守の祖父母が、こういった集まりを快く思っていないことは周知の事実だ。おそらく、士《し》堂《どう》家の跡取りの交際相手としては、どこの馬の骨ともわからない元・孤児《こじ》たちは相応《ふさわ》しくないと思っているのだろう。

かつては、孫と『美国ハウス』との繋《つな》がりを断《た》つために、英国《イギリス》に留学させたくらいだ。

(だけど、秋守は戻ってきた)

ブランクはあったけれど、ちゃんと自分たちの元へ——。

亨としては、肉親の意に逆らってまで、こうして昔の仲間に会いに来てくれる秋守の気持ちが嬉《うれ》しかったし、せっかく復活した繋がりを大事にしたかった。

だが、どうやら彼方は違うらしい。

「わざわざ？　こんなむさ苦しいところへおいでくださってありがとうございますって？　なんで俺たちが秋守に媚《こ》びへつらわなきゃなんないの？　士堂財閥がバックについてるから？」

矢継ぎ早な嫌み攻勢に、秋守の美しい顔がぴくっと引きつる。ふたたび両者の間でバチッと青い火花が散った。

「…………」

一触即発の険悪なムードを破るために、亨は「彼方」と低い声を出した。

「俺がいつ媚びへつらったよ？　秋守のバックボーンを必要以上に意識してんのはおまえのほうだろ？」

目の前の彼方の顔がみるみる険《けわ》しくなる。

「……亨こそ、秋守に捨てられてベソベソ泣いてたくせに」

予想外の反撃に、亨はうっと怯んだ。

「な、泣いてなんかねぇよ！」

「うっわ、最っ低！　都合の悪いことはさっさと忘れちゃうんだ！　あの時、亨を元気づけるために周《まわ》りがどれだけ大変だったか、きれいさっぱり！　忘却《ぼうきゃく》能力高すぎ」

「………っ」

それを言われると、心配をかけたのは事実なだけに……ぐうの音《ね》も出ない。

気まずく彼方から視線を外した亨は、目の端《はし》で捉《とら》えた秋守が、苦しそうな表情しているのを見て取った刹那《せつな》、くるっと身を返した。

最後の手段とばかりに、ひとり外野を決め込んでいる伊吹の側《そば》まで駆け寄り、その広い背中に回り込んで泣きつく。

「……由利ぃ、彼方がいじめる」

伊吹がふーっとため息を吐いた。腕組みを解《と》き、亨の額を指で軽く弾《はじ》く。

「ったく、ガキの喧嘩《けんか》か？　おまえらは毎回毎回……いい加減にしろ！」

ドスのきいた低音が響いた時、教会堂と牧師館を繋ぐ通用口のドアが開いた。

白髪の老人と、眼鏡《めがね》をかけたすらりと痩身《そうしん》の男が現れる。ふたり共に、踝《くるぶし》までの長くて黒い祭服《さいふく》を纏《まと》っている。

腰にサッシュを巻いた眼鏡の男は、はっと目を引く怜悧《れいり》な美貌《びぼう》の持ち主だ。亜麻色《あまいろ》の髪と色素《しき》の薄い瞳は、英国《イギリス》に離れて暮らす母親譲《ゆず》り——らしい。

美国梗一《きょういち》。ここ、『聖ヨセフ・美国教会』の牧師を務《つと》める三十二歳。女性信者（とりわけオバサマ）には「やさしくてお美しい牧師様♡」と、圧倒的な人気を誇《ほこ》っているようだが、その素顔は一筋縄ではいかない、かなりのクセモノだ。

対して、にこやかな笑顔を浮かべた白髪の老人は、ここの主教であると同時に、養護施設『美国ハウス』をも営《いとな》む、美国凜太郎《りんたろう》牧師。

その名字が示すとおり、ふたりは血の繋がった親子でもある。

老人が、起立した四人の顔にそれぞれ視線を注《そそ》いでから、柔和《にゅうわ》な微笑《ほほえ》みを浮かべる。

「ベイビィたち、元気にしていましたか？」

もうとっくに『ベイビィ』と呼ばれる年代は過ぎ去って久しいのだが、彼にとっては、いつまでも自分たちは幼い子供のままなのだろう。

「はい、パパ」

そして、いつもは斜《しゃ》に構えている彼方も、泣く子も黙る強面の竹吹も、今や士堂家の跡取りとなった秋守も、もちろん亨自身も、『パパ』の前では従順な子供《ベイビィ》に還《かえ》る。

天涯《てんがい》孤独の身の上の自分たちを引き取り、実子の梗一と分《わ》け隔《へだ》てなく、成人まで育ててくれたパパには、心から感謝こそすれ、誰も逆らえないのだった。

普段はバラバラに暮らしている四人が、毎月第三月曜は、家族礼拝《れいはい》の名の下に教会に集まる――この集まりは、かれこれ十年近く続いている。今のように四人が揃《そろ》うようになったのは、二年前に秋守がロンドンから戻って来てからだが。

「今夜もまた、誰ひとり欠けることなく、『家族』がこうして集《つど》うことができたことに、主への深い感謝を捧《ささ》げたいと思います」

説教壇《せっきょうだん》に立ったパパが聖書を広げ、梗一が隣りに立つ。

「では、礼拝を始めましょう」

パパの呼びかけに、四人は厳《おごそ》かな面持《おもも》ちで主への祈りを捧《ささ》げ始《はじ》めた。

家族礼拝が終わるやすぐ、伊吹は仕事に戻っていった。他のメンバーは、牧師館でお茶を呑むために残る。月に一度、こうして『家族』で集まり、お茶を呑みながら語らうことを、パパは何より楽しみにしているのだ。

「これ、お茶請《う》けにしてよ」

亨が店から持ってきたケーキの箱を差し出すと、梗一が受け取った。

「いつも悪いな」

「どーせ余っても処分するだけだからさ。あ、俺、チビたちにも渡してくるわ」

彼方が紅茶を淹《い》れている間に、亨は牧師館の裏手にある別棟に足を向けた。

亨も十八年間を過ごした懐《なつ》かしい別棟――『美国ハウス』と牧師館は、渡り廊下で繋がっている。

建物自体はかなり築年数が経《た》っているはずだが、掃除が隅々《すみずみ》まで行き届いているので、あまり古びた印象はない。ただ、そもそもの造りが洋館なのと、インテリアもアンティークで統一されているので、ゴシックなお化けが出そうではある。

（そういや、夜中にトイレに行くのを怖がる秋守によくつきあったっけ）

亨たちは十八歳までハウスで過ごしたが、ここ十年ほどはパパが高齢になったのと、孤児の数自体が減ったせいもあって、なんらかの理由で子供を育てられない親から、期間限定で預《あず》かる『ショート・ステイ』が中心になっている。そのため、子供たちがハウスで暮らすのは、長くても三年くらいだ。

（子供たちのためには、そのほうがいいけどな）

衣食住に不自由のない暮らしをして、親代わりのパパが惜《お》しみない愛情を注いでくれたとしても、それでもやっぱり肉親と離れて暮らす時間は短いに越したことはない。

亨がプレイルームに顔を出すと、子供たちは仲良くテレビを観《み》ていた。上から八歳、七歳、五歳の男の子の小さな頭が三つ並ぶ様は微笑ましいが、肉親が現存しているのにも拘《かか》わらず、一緒に暮らせない彼らの境遇《きょうぐう》を思うと、「かわいい」だけでは済まない複雑な気持ちが過《よぎ》る。

「あっ、トオル兄ちゃん！」

やがてひとりが亨に気がつく。亨は片手を挙げてチビたちに挨拶《あいさつ》をした。

「よっ、チビども元気にしてたか？」

「トオルだーっ」

「兄ちゃん！　おみやげあるっ!?」

口々に叫《さけ》びながら子供たちが次々と抱きついてくる。タックルの三連チャンに亨の身体がぐらついた。

「おいこら、乱暴すんなって。ケーキが潰《つぶ》れちまうだろ？」

片手で後ろに隠し持っていた紙の箱を見せると、「わっ」と歓声があがる。

「早く！　早く！」

せがまれて、箱をテーブルの上に置いたとたん、早速子供たちが中に手を突っ込んだ。我先にとエクレールを鷲掴《わしづか》み、やにわにがっつき始める。

「こらこら、おまえら、ちゃんとお祈りしたのか？」

「さっき夕ご飯の時にしたもん」

「したもん！」

「トオル兄ちゃんのケーキ、マジで美味《うま》いよ！」

「そーか、そーか」

賛美の声に思わず顔がにんまりと緩《ゆる》む。子供は正直だ。

「ヒカル、まだいっぱいあるからそんなにがっつくなって。ケンジ、口の周りがカスタードでベタベタだぞ」

一番のチビの口からクレームパティシエールを指で掬《すく》い、ぺろりと舐《な》め取《と》った時だった。ふと背中に視線を感じ、振り返った亨は、プレイルームの入り口に立つ秋守と目が合った。

気がつかなかった。いつからそこに立っていたんだろう。

「なんだよ？　黙ってないで声かけろよ」

なんとなく、子供と同化していた自分を見られたことが気恥《きは》ずかしくて、むっとした声が出る。

「ごめん」

困《こま》ったように謝ってから、秋守が中に入ってきた。

「紅茶が入ったと呼びに来たら、おまえがあんまり楽しそうだったから」

亨の横に並んだ秋守がつぶやく。秋守の視線につられ、亨も子供たちに目を戻した。チビたちは、秋守の存在にも気がつかない様子で、エクレールの二個目を攻略にかかっている。

「……俺たちもさ、こんなんだったよなー。無邪気で、なーんにも考えてなくって。……懐かしいよな。この別棟の中がぜーんぶ遊び場だったよな？　誰が一番足が速いか、牧師館まで渡り廊下をかけっこして、パパにいつも叱られてた」

「ああ。覚えている。……たしか裏庭に秘密基地も造ったな。おまえがロビンソン・クルーソーを読んで感化されて、どうしても野宿するんだって言い張って」

「そうそう、テント張って、夏の間、一週間くらいそのテントの中で寝起きしたんだ。夜中、心配したパパが何度も様子を見に来てた」

「今思えば、心配ばかりかけていたな」

「近所のガキとも陣地をかけて闘ったよな。作戦練るのは必ず梗一でさ、由利は指揮官、俺が斬り込み隊長、彼方は後方支援で、おまえは俺のサポート役で……って、俺らって二十年経ってもあんま変わってないな」

「…………」

「そういやさっき思い出したんだけど、おまえ、夜トイレに行くのが怖いって、俺のこと起こして泣きついてきて……ほーんと恐がりで泣き虫だったよなぁ」

くくっと思い出し笑いをしてから、何気なく傍《かたわ》らを顧《かえり》みた亨は、ふたたび秋守とばっちり目が合った。

（え？）

てっきり子供たちを眺《なが》めているのだと思っていたのに――先程から秋守が見つめていたのが自分であることを知り、狼狽《うろた》える。

最近の秋守は、ふとした折に今みたいにもの言いたげな表情で自分を見つめてくることがまあって……。

「…………」

こちらの心情を探ろうとするような、まっすぐな視線を受け留めているうちに、だんだん息苦しくなってくる。

心なしか憂《うれ》いをも帯びた眼差《まなざ》しを持て余し、亨は上目遣《うわめづか》いに問うた。

「なんだよ？」

やや挑戦的な物言いに、秋守が形のいい眉をひそめる。一瞬、迷うような表情を見せ、けれど開いた口から零《こぼ》れ落《お》ちたのは、曖昧《あいまい》な言葉だった。

「……なんでもない」

言葉を濁《にご》す幼なじみを許さず、亨はなおも追及《ついきゅう》した。

「言いたいこと、あるなら言えよ」

こんな目で見るなんて、絶対、何か腹に思うことがあるに決まっている。それがわかっているのに有耶無耶《うやむや》なままなのは、座りが悪くて嫌だった。

兄弟同然の自分たちの間に、わだかまりが残ったままなのは嫌だ。

「遠慮してねーで言えって」

「…………」

しかし、秋守は何も言わない。仄暗《ほのぐら》い瞳で、ただ亨の顔をじっと見つめてくる。

ふーっと息を吐き、亨は「もしかしてさ」と切り出した。

「さっき彼方が言ったこと、気にしてんのか？　その……俺が、おまえがハウスを出ていったあと泣いて暮らしたって話。だったら気にする必要ねーから。別に泣いてなんかねーし……いや、そりゃ連絡なくってちょっとはへこんだけど、留学してたって理由聞けば納得だし。おまえがハウスを出ていったのはおまえの意志じゃないってことは、みんなわかってる。本当は彼方だってわかってる。今日はあいつ、たまたま機嫌が悪かっただけで、ありゃ八つ当たりだから気にすんな。それに、おまえはちゃんと戻ってきたわけで、おまえがこうして定期的に顔を出してくれればパパも喜…」

「おまえは？」

出し抜けに、言葉尻を奪《うば》うように問われて、亨は面食らった。

「――え？」

「おまえはどうなんだ、亨」

いつの間にか、秋守の顔から憂いが消えていた。見上げた視線の先の黒い瞳は、うっすらと不可思議な熱を孕《はら》んでいる。

「お、俺？」

「俺が知りたいのは他の誰でもない。おまえの本音だ。本心だ。おまえは、俺がおまえの前にふたたび現れたことを、本当はどう思っている？」

堰《せき》を切ったように畳《たた》みかけられ、亨はぱちぱちと両目を瞬《しばたた》かせた。

「ど、どうって……」

「もし」

そこで一度切ってから、苦悶《くもん》の表情を浮かべ、だがやがて思い切ったように秋守が言を継《つ》いだ。

「もし、おまえが、俺の存在を不快だと感じるのならば」

「不快って」

「俺は……」

いつになく思い詰めた顔つきで、秋守が何かを言いかけた時だった。

「――亨」

後ろから名前を呼ばれてはっと振り返る。入り口に、黒ずくめの痩身が立っていた。

「……彼方」

眦の吊り上がった目で、冷ややかに秋守を一瞥《いちべつ》してから、彼方は亨に向かって告げる。

「紅茶、冷めちゃうけど？」

「あ、ごめん」

ちらっと秋守を窺《うかが》うと、その端整《たんせい》な顔はすでに、何事もなかったように静かに凪《な》いでいた。

「行こう」

落ち着いた声で促《うなが》され、もやもやしたものを胸に抱えつつも、亨は仕方なくうなずいた。

「うん」

3

明けて翌週――火曜日の昼休み、家族礼拝《れいはい》以来の、梗一《きょういち》からの連絡があった。

『ミッションだ』

開口一番、単刀直入に告げられる。

「えっ……」

携帯を耳に裏口から店の外に出たところで、亨《とおる》は思わず顔をしかめた。

「またぁ？」

先々週も駆《か》り出《だ》されたばかりだ。

ちなみに、その際の『ミッション』は、脱走したグリーンイグアナの捜索だった。ペット探偵並みの地道な捜索の結果、行方不明だったイグアナ（マリリン／♀／三歳／首に赤いリボン付き）は、隣町の公園の植え込みの中で気持ちよさげにまったりうたた寝していたところを捕獲、飼い主の元へ無事送り届けられた。

『ことミッションに関しては、時期も内容も私たちに選択権はないからな』

回線の向こうから、梗一の冷ややかな声が届く。

「それにしても、月二って多くない？　ひょっとして噂《うわさ》が広がってんのかなぁ」

美国凜太郎牧師《みくにりんたろうぼくし》は、心優しい人格者で、かつ慈悲《じひ》深い聖職者《せいしょくしゃ》でもあるが、たったひとつ欠点がある。

人が好《よ》すぎること。

人の好さが裏目に出て、他人に相談や頼み事を持ちかけられると、否《いな》と言えないのだ。『懺悔《ざんげ》』という名目のもと、信者から持ち込まれる、ありとあらゆる種類の頼み事をすべからく引き受けてしまう。

どうやら信者の間ではひそかに、「のっぴきならない事態に陥《おちい》ったら、まずは主教《しゅきょう》様に相談すること。法に触《ふ》れる以外のことならば、大概《たいがい》のことは便宜《べんぎ》を図ってくださる」とのまことしやかな噂が、都市伝説よろしく、口コミで広がっているようだ。

しかし、実際にその厄介事《やっかいごと》を処理するのは、『ベイビィズ』＝つまり、梗一を筆頭とした、伊吹《いぶき》・亨・秋守《あきもり》・彼方《かなた》の計五人であることは、誰も知らない。

夫婦喧嘩《げんか》の仲裁《ちゅうさい》レベルならばパパがひとりでなんとかするが、事がそれ以上で彼の手に余る場合は、『ベイビィズ』の出番となるのだ。

孤児《こじ》の自分たちを引き取り、成人まで育ててくれたパパが困《こま》っているのを知って、見て見ぬ振りをすることなど、ハウス組の四人は到底できない。実子の梗一は梗一で、何やらパパに弱みを握《にぎ》られているらしく……。

果たして、毎度不本意ながらも『ミッション』の内容を拝聴《はいちょう》する羽目になるわけなのだった。

「……今度は何？」

ため息混《いき》じりの亨の質問に、梗一がいつものように淡々と説明を始める。

今回の『ミッション』は「マネキンの返却」。依頼主は青年A、二十三歳。

二ヶ月前にアルバイト先の倉庫から「つい出来心で」マネキンを連れ帰ってしまったものの、漸《よう》く就職が決まり、近々ひとり暮らしのアパートを出て会社の寮《りょう》に入ることとなった。寮は同《どう》僚《りょう》と相部屋なので、マネキンを連れて行くことはできない。

今のところ、かつてのアルバイト先からの問い合わせ等は来ていないが、できれば「出来心」が明るみに出る前に、こっそりと倉庫に戻したい。しかし自分はもうバイトを辞《や》めてしまっているので返却する手だてがない。

おまけに、マネキン拉致《らち》の罰《ばつ》が当たったのか、一週間前に駅の階段から落ち、現在松葉杖状態。

『営業職でなかったのが、不幸中の幸いといった有様だそうだ』

「つまり、『つい出来心で』持って帰って来たはいいけど、今現在は持て余してるってことだろ？」

片手をパンツのポケットに突っ込み、店の裏の壁に凭《もた》れかかりながら、亨は話を要約する。

『そういうことだな』

「しかし、なんでまたマネキンなんか持ち帰ったかね」

『大好きなアイドルにうり二つだったそうだ。持ち帰って自作のメイド服を着せたいという衝《しょう》動《どう》をどうしても抑《おさ》えきれなかったらしい』

敢《あ》えて感情を抑え込んだような、梗一の平板な声を耳にして、亨は鼻の頭にしわを寄せた。

ポケットから手を抜き出し、前髪を掻《か》き上《あ》げる。

「って、オタク?」

『さぁな。悪いやつじゃないんだが。子供の頃は日曜学校に通っていたし、一応洗礼も受けている』

「ふぅん」

日曜学校に通っていたというならば、自分と面識があるかもしれない。そう思ったが、依頼人のプロフィールを詮索《せんさく》したところで意味はないと、すぐに思い直した。自分たちの役目は『ミッション』を円滑《えんかつ》に処理することで、それ以上でも以下でもないのだから。

そんなことを考えていた亨は、

『素知《そし》らぬ顔で投棄《とうき》せずに返却しようと足掻《あが》くあたり、良心はあるんだろう。悪いやつじゃないんだ。……ただ少しばかり自分の嗜好《しこう》に関して見境《みさかい》がなく、場当たり的かつ他力本願なだけで』

自《みずか》らに言い聞かせるような梗一の低音に、あやうく吹き出しかけた。フォローしているようで全然なっていない。

女性信者に絶大な人気を誇《ほこ》っていながら、その実、超のつく「女嫌い」である梗一には、わざわざ女性型のマネキンを持ち帰り、メイド服に着せ替える——といった青年Aのオタク心(萌え?・)がまるで理解できないんだろう。

(や、俺にもわからんけど)

『あらかたの手筈《てはず》は整《ととの》えてある。今夜十一時に集合で問題ないか?』

「今夜? また急な話だなぁ」

いつもなら、事前に打診《だしん》の連絡があって、実行は数日後というのがパターンなのだが。

『骨折という予期せぬアクシデントにバタバタしているうちに、引っ越しのタイムリミットが迫ってきてしまったそうだ。とりあえず、ブツは本日午前中に牧師館《ぼくしかん》に搬入《はんにゅう》されたが、思っていた以上に大きくてかさばる。うちだっていつまでも預《あず》かってはいられないからな。やるなら早いほうがいいだろう』

梗一の声にはありありと、マネキンとはいえ等身大の『女』を長く牧師館に置いておきたくないという本心が滲《にじ》み出《で》ていた。

それに、大きさも邪魔だろうが、そもそもが「出来心」とはいえ盗品だ。曰《いわ》く付きのブツはなるべく迅速《じんそく》に片を付けるに限る。

亨は仕方なく「了解」とつぶやいた。

「で、その倉庫の場所は？」

『大井埠頭《おおいふとう》だ』

「大井埠頭ね。わかった。今回はブツが大きいから俺、バン出すよ」

『そうしてもらえると助かる』

「みんなは？　参加できるって？」

『他のメンバーへの連絡はこれからだ』

梗一との通話を終えたあと、亨は馴染《なじ》みの定食屋へ向かった。日替わりのB定を食べ終わった頃、腰ポケットの携帯がブブブッと震える。

引き出した携帯のディスプレイに『秋守』という表示を認めた亨は、あわてて椅子《いす》を引いた。

「おばちゃーん、代金の六百円、ここに置くよ！」

「はーい、亨ちゃん、いつもありがとねー」

カラカラと引き戸を開けて外に出る。ブルブル震え続けている携帯を開き、ほんの少し緊張した指で通話ボタンをピッと押した。

「もしもし、秋守？」

秋守と話すのも、先週の夜以来だ。

結局、彼方が呼びに来たあとは、普通にみんなでお茶をしながら団欒《だんらん》して、一時間後に解散した。秋守は運転手付きのリムジン、亨は自転車で帰ったので、中途半端《はんぱ》に途切れた会話もあのまま。

――俺が知りたいのは他の誰でもない。おまえの本音だ。本心だ。おまえは、俺がおまえの前にふたたび現れたことを、本当はどう思っている？

この一週間、折《お》りに触れて幾度《いくど》か、あの時の秋守の台詞《セリフ》を思い返してはいた。

――もし、おまえが、俺の存在を不快だと感じるのならば俺は……。

(不快なわけねーじゃん！)

そう言って笑い飛ばしてやりたいけど、いつになく切羽詰《せっぱつ》まっていた秋守の様子を思い出すにつれ、軽く流すのもはばかられて……。

こちらからは連絡できないままに今日までずるずると来てしまったのだ。

(ま、秋守からも来なかったけどさ)

『亨？　悪い。仕事中だったか』

耳に心地いい秋守の低音が届いた瞬間、ふっと緊張が解《ほぐ》れる。

よかった。いつもの秋守だ。

「ううん。メシ食ってた」

『かけ直そうか？』

「大丈夫。ちょうど食い終わったところだったから」

『そうか。――梗一から聞いたか？』

秋守がこの前の件に触れるかもしれないとひそかに身構えていた亨は、おもむろにミッションの話題を切り出され、少しばかり拍子抜けした。

「ああ……聞いた」

肩《かた》すかしを食わされた気分になりつつ、相槌《あいづち》を打つ。

「十一時に集合だろ？　おまえ参加できんの？」

『ああ。前回は日本にいなくて参加できなかったからな』

「んじゃ、俺、バン出すからさ、うちの店まで来られるなら、ピックアップしてくけど」

『そうだな。十時半……いや、四十分ならなんとか行けそうだ』

その返答を耳にして、亨は思い出した。秋守のスケジュールを自分たち庶民《しょみん》と同じように考えてはいけないことを。

業界一位の総合商社を運営する士堂《しどう》グループの跡取りとして、秋守はまさに分刻《ふんきざ》みのスケジュールをこなしている。海外へもしょっちゅう出かけているし、時差がある欧州《ヨーロッパ》との取引のために、仕事が深夜に及《およ》ぶことも多いらしい。

「あ、でもさ、無理すんなよ？　別に俺たちだけでもなんとかなるから。おまえ、いろいろ忙し…」

『亨』

言葉の半《なか》ばで遮《さえぎ》られた。

『無理してるわけじゃない。参加するのは俺の意志だ。俺が行きたいんだ』

低い声音に息を呑《の》む。

直後、脳裏《のうり》に先日の彼方と秋守のやりとりが蘇《よみがえ》った。

──無理して来ることないんじゃないの？　別に義務じゃないんだからさ。

──……義務だとは思っていない。

あの時も、秋守にはめずらしく、あからさまにむっとしていたっけ。

特別扱いされたり、気を遣《つか》われるのが嫌なのかもしれない。

四人の中で自分ひとりだけ肉親の存在が明らかになり、その後の境遇《きょうぐう》が変わってしまったことを秋守が気にしているらしいことは、亨も薄々気がついていた。

「あ……うん、ならいいけど。おまえがいるとやっぱ助かるしさ」

敢えて明るい声を出すと、

『足手《あしで》まといにならないようにせいぜい気をつけるよ』

気を取り直したように秋守もまた軽口を返してきて、少しほっとした。

「んじゃ、『HIDAKA《ヒダカ》』の裏口に十時四十分な」

『了解。じゃあ、今夜』

ピッと通話ボタンを押して、折り畳《たた》んだ携帯を腰ポケットにねじ込む。

亨はアスファルトにふーと息を吐いた。

（なんだかなぁ）

最近、どーも秋守と歯車が嚙み合《か》っ《あ》ていない気がする。

うっかり地雷を踏んでしまいそうで話す時に緊張するし、あいつはあいつで何か言いたげで、でも肝心《かんじん》なことは口にしないし。かと思えば、妙に熱っぽい目でじっと見つめてきて……。

特別扱いしているつもりはないけれど、あいつの生きている世界があまりに自分とレベルが違いすぎて、正直どう対処していいのか、わからん。

昔は、食べるものも着るものも、眠るベッドも同じで、ただ無邪気にじゃれ合っていればよかったのに——。

「難しいよなぁ」

頭を振り振り歩き出し、途中でふと腕時計を見る。

「やべっ、一時だ」

小さく叫《さけ》んだ亨は、店に向かって走り出した。


その夜。

『HIDAKA』の閉店後、亨がひとりで残業していると、厨房《ちゅうぼう》のドアの向こうから「亨?」と声がかかった。

「秋守？　入れよ」

両開きのステンレスの扉が押し開かれ、秋守が顔を覗《のぞ》かせる。黒いシャツに黒の細身のボトムといった格好。それに合わせてか、髪形もややラフ気味だった。

スーツじゃない秋守を見るのは、ずいぶんとひさしぶりだけど、ぱっと見、男性ファッション誌のモデルみたいだ。

（ちぇ。いい男は結局なんでも似合うってやつかよ？）

やっかみはともかく、こうして見れば、自分と同じ年なんだということを、改めて実感する。いつもは全身を高級品で固めているせいか、実年齢より二、三歳は上に見えるから。

「――早かったな」

「商談相手が時差惚《じさぼ》けで、会食が予定よりも早く終わったんだ」

「んじゃ、俺も着替えてくるから、てきとーにしてて」

控え室に移った亨は、コックコートを脱ぎ、ロッカーの中に置いてあった黒の長袖《ながそで》のカットソーに着替えた。

倉庫に忍び込むのだから、できるだけ闇に溶《と》け込《こ》む色合いの服装が好ましい。申し合わせたわけではないが、秋守もそう判断したのだろう。

「お待たせ」

着替えて戻ると、秋守は厨房の中をものめずらしそうに歩き回っていた。

「何見てんだ?」

「いや……いろいろめずらしいものがあるから。——これはなんだ?」

「ラミノアって言って、パイ生地を伸ばす機械。そっちのはアイスクリーマー。こっちがオーブン、隣りがストック用の冷蔵庫……」

「これは?」

亨の説明にいちいちうなずきながら一周した秋守が、今度は作業台の上に視線を向けた。

そこには、さっきまで作業していたマジパンのプレートが置かれている。

「明日のバースデーケーキのプレート」

「『HAPPY《ハッピー》 BIRTHDAY《バースディ》 BULL《ブル》』……BULL?」

チョコレートで書かれた英字を読み上げて、秋守が怪訝《けげん》そうに顔を上げた。

「そ。ブル」

「……変わった名前だな。男の子なのか?」

「うん、雄《おす》って聞いたけど」

「雄?」

「雄のフレンチブルだって」

骨の形のプレートを顎《あご》で指す亨の隣りで、秋守が大きな声を出す。

「フレンチブル⁉」

「そ。明日がブルちゃんのお誕生日らしい。犬も食べられるようにって発注でさ。さすがに犬用のケーキは俺も初めてだから、試行錯誤《しこうさくご》してたとこ」

「そうか……犬か」

まだ幾分衝撃を引きずった声で、秋守がつぶやいた。

「おまえもいろいろ大変だな」

同情を帯びた視線を向けられ、亨は軽く首を竦《すく》めた。

「まぁな。この前は飴細工《あめざいく》で結婚十周年記念用の指輪を作って欲しいってリクエストが来たし、昨今《さっこん》はオーダーも多岐《たき》に渡ってるからなー。ただでさえ朝早いし、冷えるし、立ちっぱなしだしで、楽な仕事じゃないよ」

「けど夢があるよ。おまえの仕事には」

ぽつりと落ちた低音に、亨は改めて傍《かたわ》らの男に視線を向けた。秋守もこちらを見ていて、目が合う。

その黒い瞳に亨は笑いかけた。

「おまえだってすごいじゃん。世界を相手に、大きなプロジェクトを何個も動かしてさ。それこそ男のロマン…」

「俺のは家業だ。……自ら望んで就《つ》いた仕事じゃない」

「……秋守」

幼なじみの、自嘲《じちょう》を帯びた昏《くら》い表情に息を呑《の》んだ時、不意に携帯が鳴った。

ピリリリリッ。

着信音はブラックデニムの腰ポケットから聞こえてくる。

「あ、俺だ。――ちょっとごめん」

秋守に断り、亨は携帯を引き出した。

「もしもし？」

『亨さん？　お疲れ様です、小池《こいけ》です』

「ああ……マリ？　どうした？」

二時間ほど前に帰宅したマリからだった。

『今、どちらですか？』

「まだ店……いや、これからちょっと出かけるから、自宅に戻るのは遅くなる。……うん……ああ……んー……そっかぁ……うん、うん……そんで？」

仕事に関しての相談だったので、少し時間がかかりそうだと判断した亨は、もう片方の腰ポケットからバンのキーを取り出し、秋守に手渡す。携帯を口許《くちもと》から外《はず》して囁《ささや》いた。

「駐車場に停《と》めてあるから、先に乗っててくれ」

刹那《せつな》、わずかに眉《まゆ》をひそめた秋守が、だがやがてわかったというようにうなずき、厨房を出ていった。

五分ほどでマリとの通話を終えた亨は、厨房の電気を消し、戸締まりを済ませ、裏口から店を出た。

駐車場に回り込み、バンの運転席に乗り込む。

「ごめん、お待たせ。——お、しまった、もう四十五分じゃん」

シートベルトを締《し》め、イグニッションキーを差し込んで回した。

「急がねーと。シートベルトしたか？」

その確認に助手席の返答はなく、まっすぐ前を見つめたままの秋守から声が届く。

「つきあっているのか？」

「何？」

エンジンの音でよく聞こえなかったので聞き直す。

「もう一回言っ…」

「彼女とつきあっているのか？」

意味がわからず、亨はきょとんとした表情で鸚鵡返《おうむがえ》しした。

「彼女って？」

すると秋守が首を傾《かたむ》け、まっすぐ射抜くような視線を向けてくる。

「マリちゃんだよ」

「マリ？」

「マリちゃんと、恋人としてつきあっているのか？」

漸《ようや》く、何を問われているのかを理解するのと同時に、秋守の顔つきが怖いくらいに真剣なことに虚《きょ》を衝《つ》かれた。

（なんで、そんな顔……）

「どうなんだ？」

びっくりしている間にも、重ねて追及《ついきゅう》され、いよいよ戸惑《とまど》う。

再会から二年、今まで一度もそんな踏み込んだこと訊《き》いてこなかったのに、なんでいきなり？

「どうって……」

でも、もしここで違うと否定したら、じゃあ彼女はいるのかって話の流れになりそうな……。

そこで「彼女いない歴二十八年」を素直に白状するのも、男としての器量の差が明確になってしまいそうで、面子が立たないというか業腹《ごうはら》というか。

何せ秋守の彼女は美人女医だ。

うだうだ悩んだ挙《あ》げ句《く》、気がつくと亨の口からは、ふて腐《くさ》れたみたいな声が零《こぼ》れていた。

「そんなのおまえに関係ないじゃん」

突き放すような物言いをしてしまってから、しまったと思ったがあとの祭り。秋守の整った貌《かお》がくっと歪《ゆが》んだ。

「そうだな。……関係ないよな」

どこか切なげな面持《おもも》ちでつぶやかれ、あわててフォローを入れる。

「ごめん、言いすぎた。おまえがいきなり変なこと言い出すから、びっくりしてさ。マリとは兄妹みたいなもんで、お互いに男とか女とか意識したこともねーよ」

「……違うのか」

「違うに決まってんだろ？　大体、マリはおまえのファンじゃん」

「本当だな？」

「おまえに嘘ついてどーすんの？」

「………」

真偽を推《お》し量《はか》るような眼差《まなざ》しのあと、秋守がどこかほっと安堵《あんど》の色を浮かべるのと入れ違いに、今度は亨のほうが動揺《どうよう》し始める。

（……意味がわからないんですけど）

つか、なんでそこでほっとしてんの？

いつまでも子供だと思っていたのに、亨に彼女がいるなんてショック。やっぱり違った、ホッ……てか？……まさかな。俺もう二十八だし。

それとも、よもや……まさかとは思うけど……秋守ってばマリのことが？

いや、マリ根性はあっても色気ねーし、秋守彼女いるし。そりゃナイだろ？

疑問符を脳内でグルグルと渦巻《うずま》かせているうちに、いつしか車中には沈黙が横たわっていた。

横合いからの視線に気がつき、顔を上げた瞬間、黒い瞳とばちっと目が合う。

（うわ……また来たっ）

おまえはなんでそう、人の顔をじっと見るんだよ？　何か言いたいことあるならはっきり言えよ！

そう思うのに、なぜか口には出せない。秋守が何を考えているのか、なんで自分をそんな目で見るのか、訊きたいけれど、聞くのは怖い。

自分でも理由がわからない畏《おそ》れを持て余し、もどかしい葛藤《かっとう》の末に亨が口にしたのは、本心から訊きたかったことではなかった。

「そ……そう言うおまえこそどうなんだよ？　彼女とは上手《うま》くいってんの？」

秋守がかすかに肩を揺《ゆ》らし、夢から覚めたようにゆっくりと瞬《まばた》きをする。

「あ……ああ」

やっと視線を外し、フロントウィンドウに転じた。

「お互いに忙しくて、しばらく会っていないが、連絡は取り合っている」

「そっか」

（……上手くいってるんだ）

秋守が幸せならば自分も嬉《うれ》しいはずなのに、心のどこかで気落ちしている自分に眉をひそめる。

馬鹿みてー……俺。

いまだに秋守の中で自分が一番じゃないと嫌だなんて……いい年していつまでガキみたいな独占欲に囚《とら》われてんだよ。

これじゃあ、さっきの秋守を笑えねーって。

「けどさ、仕事にかまけて、あんまほっぽらかしてっと今に振られるぞ？　美人なんだろ？」

亨が敢えて作った明るい声に、秋守が小さく笑ってうなずく。

「ああ……そうだな」

その笑顔を見たら、なぜだか胸がつきっと痛んだ。

唇をきゅっと噛《か》み締《し》め、ハンドルをぎゅっと握《にぎ》る。モヤモヤとした気分を追い払うために、亨はふるっとかぶりを振った。

（やめやめっ）

これからみんなと顔を合わせるんだから、彼方に妙な勘ぐり入れられないように、努《つと》めて平常心。

とりあえず、まずは集合場所に向かって、とっとと厄介事を片付ける。そんでもって『ミッション』終了後は、夜食食って風呂入って寝る。

ぐっすり寝て明日になれば、この意味不明の胸のモヤモヤだって消えているはず。……たぶん。

自分に言い聞かせながら、亨はアクセルを踏み込んだ。

「——車、出すぞ」

4

かなりギリギリの出発だったが、道が空《す》いていたので、約束の十一時には教会に到着することができた。

牧師館《ぼくしかん》の前にバンを停《と》め、室内に入ると、すでに彼方《かなた》と伊吹《いぶき》は先に着いていた。

「うっす」

リビングの窓際で煙草《たばこ》を吸っている伊吹、ソファに座っている彼方、暖炉《だんろ》の前に立つ梗一《きょういち》のそれぞれに、亨《とおる》は片手を挙《あ》げて挨拶《あいさつ》をする。

「……秋守《あきもり》も来たんだ？」

黒いナイロンコートを羽織《はお》った彼方が意外そうにつぶやき、秋守は黙ってうなずいた。

仲間を前にした秋守は、バンの中で見せたような感情の揺《ゆ》らぎは微塵《みじん》も窺《うかが》わせず、いつものようにスマートで隙《すき》のない、『大人の秋守』に戻っている。

その端整《たんせい》な横顔をちらっと横目で窺って、亨は複雑な気分になった。

さっきのあの、突然マリとの関係をマジ顔で問い詰めてきたかと思うと、拗《す》ねたり、露骨《ろこつ》にほっとしたり――今隣りに立つ男と同一人物とは思えない、めまぐるしい感情の変化は一体なんだったんだと、改めて問《と》い質《ただ》したい衝動《しょうどう》をぐっと堪《こら》える。

今はとにかく、目の前の『ミッション』だ。

「全員が揃《そろ》ったところで」

今夜は祭服《さいふく》ではなくスーツ姿の梗一が、顎《あご》をしゃくった。

「依頼の品はこっちだ」

梗一の誘導に従《したが》い、リビングから物置部屋へと移動する。

六畳《ろくじょう》ほどの部屋の壁際に、青年Aの「出来心」が置かれてあった。体長一メートル七十五センチほど。頭からすっぽりと黒い布がかかっている。

梗一が黒い布を剝《は》ぎ取《と》ると、ステンレスのスタンドで支えられた、フルボディマネキンが現れた。

青年A自作のメイド服はすでに着ておらず、一糸纏《いっしまと》わぬ裸体《らたい》だ。唯一、ウェーブのかかった茶髪のウイッグを被《かぶ》っている。その面差《おもざ》しは、たしかに今グラビアなどで人気の某アイドルに似ていた。

「へー、なかなか良くできてるじゃん」

彼方が近寄って、興味深げにしげしげと眺《なが》める。

「顔のディテールも細かいところまで手が入ってるし……これは欲しくなっちゃう気持ちもわかるかも」

秋守も近くに寄ってマネキンに触《ふ》れ、その構造をチェックし始めた。ややして冷静な声を落とす。

「両肩、手首、腰の中ほど、足首で分離できるようだ。少なくとも八つのパーツに分けられるな」

「こうして近くで見ると結構でかいもんだなー。よいしょっと……うあ、重いじゃん！」

マネキンを一瞬持ち上げた亭は悲鳴をあげた。

「たしかに……スタンド込みだとそこそこの重量があるな」

亭に続いてマネキンを抱《かか》え上《あ》げた秋守も、その主張を肯定《こうてい》する。

「うへー、持ち運ぶの大変そう……」

ぼやく亭の隣りで伊吹が低く吐き捨てた。

「ったく、てめえのケツも拭《ふ》けないガキが……」

「ベイビィたち、今回も迷惑をかけます」

背後からの声に全員が振り向く。全開した扉の向こうに、恐縮《きょうしゅく》した面持ちのパパが立っていた。

「本人も懺悔《ざんげ》の際、いたく反省しておりました。たしかに十戒《じっかい》には背《そむ》きましたが、こうして返却を申し出ていますので、今回は私に免《めん》じて力を貸してやってください。本来はまじめで心優しい青年なのです」

「…………」

いろいろと思うところはあっても、その場の誰も、パパの信仰心の礎《いしずえ》である『神の子である人間の本質は善』という主張には異論を唱《とな》えられない。

（ま、そんなパパのおかげで、俺らは全員、道を踏《ふ》み外《はず》すこともなく、ここまですくすくと育ったわけだしな）

ほとんど諦《あきら》めの境地で、亨が胸の中でひとりごちるのと同時に、梗一がコホンと咳払《せきばら》いをした。

「……そういうわけで、今回の『ミッション』はマネキンの返却だ」

中指で眼鏡《めがね》のブリッジをくいっと押し上げる。

「依頼品を確認したところで、リビングに戻ろう。これからの段取りを説明する」

情報を収集し、計画を立て、事前の準備を整《ととの》えるのは梗一の役目だ。

ふたたびリビングへ戻り、全員でテーブルを囲《かこ》む。

「今回のターゲットである輸入会社の倉庫は、大井埠頭《おおいふとう》にある。見取り図はこれだ。防犯センサーの位置は図に示してある。赤いマークがそうだ。出入り口は二つあるが、やはり建物の裏手から入るのが一番人目に付かないだろう。この裏口は鍵もシリンダー錠《じょう》だ。依頼主の説明によれば、マネキンがストックされているのは地下二階のこの部屋で……」

実際に運んでみると、マネキンは予想以上にずっしりと重かった。四人がかりでも汗だくになる。

（畜生《ちくしょう》……とんだとばっちりだぜ）

こんなものを担《かつ》いで今から倉庫に忍び込むのかと思うと、いまさらだが元凶《げんきょう》の青年Aに対して、ふつふつと憤《いきどお》りが込み上げてくる。

「ったく、懺悔すりゃいいってもんでもないだろ？　つい出来心でって、出来心で済みゃ警察はいらねーよ！」

「しょうがないだろう。パパが引き受けてしまったんだから」

大人な秋守に宥《なだ》められ、亨はぷっと膨《ふく》れた。

それが何より一番の問題だとわかっているのだが、面と向かって本人に言えない分、余計に鬱憤《うっぷん》が募《つの》るのだ。

「だからって、なんで俺らが尻《しり》ぬぐいせにゃならねーのよ？　あんな場所に忍び込む、こっちの身にもなってみろっつーの」

ぶつぶつ文句を言いつつも、なんとか黒い布に包んだマネキンをバンの後部座席に積み込む。

「梗一は？」

「例によってお留守番。肉体労働の現場じゃあの人足手まといだから」

秋守の問いに、彼方が答えた。

梗一はクレバーだが運動神経に難があるので、基本的に実行部隊には加わらない。計画をプレゼンし終わると、自分の仕事はここまでとばかりに姿を消すのがいつものパターンだった。

一応、最年長ということでリーダー役を担《にな》っているが、内心では『他人の尻ぬぐい』を苦々しく思っているんだろう。そういった意味では、梗一は実父とは対照的で、牧師らしくない牧師と言える。

「早く乗り込め。時間がない」

伊吹に急《せ》かされ、全員が乗り込んだところで亨がバンを発進させる。

暗闇に紛《まぎ》れて国道を走り、大井埠頭の目的地前に到着したのは、十一時五十分過ぎ。倉庫街だけあって、深夜に出歩いている人間はいないようだ。見回す限り、人の気配はない。

路肩に車を停め、まずはバンの中でマネキンを解体した。今のままでは持ち運びに不便だからだ。

頭付きの胴《ボディ》、両腕、両脚《りょうあし》の三つのパーツに分け、それぞれを黒いナップザックに入れた。

そのナップザックを、亨・秋守・伊吹の三名がそれぞれ背中に背《し》負《お》う。斬り込み隊長を担う亨は、身軽さを重視して一番軽い『腕』のパーツを担当。伊吹が両脚とスタンド、秋守が顔付きの胴といった分担だ。

胸ポケットに超小型のインカム、イヤホンマイクを装着し、準備完了。

「彼方はいつものようにバンで待機。何か外で異変があったら無線で連絡を頼む」

「了解」

伊吹の指示に、運転席に移動した彼方が親指を立てた。

「さぁて。そろそろ行くかぁ」

バンのスライドドアを開けて、まずは亨がアスファルトに降《お》り立《た》つ。続いて、秋守と伊吹もバンを降りた。

監視カメラから死角になっているポイントまで辿《たど》り着《つ》くと、目の前にそびえるコンクリートの塀《へい》を並んで見上げる。

「……ひゃー、思ってたより高いな」

三メートルはあるだろう。側《そば》に足場になるようなものもなかった。

伊吹が黙って、背中のナップザックを下ろし、中からナイロンザイルを取り出す。ザイルの先端《せんたん》には、ステンレス製の鉤《かぎ》がついていた。

「危ないから離れていろ」

亨と秋守を遠ざけ、自分は数歩塀から後退する。

鉤先をぶんぶん回して勢いをつけ、カウボーイの投げ縄よろしく、塀に向かって放った。

美しい流線型を描《えが》き、塀を大きく越えて、鉤のついた先端が敷地内に落ちる。ザイルを引き寄せると、ほどなくガチッと手応《てごた》えを感じた。伊吹が何度か引いて強度を確かめる。

「よし。かかった」

「んじゃ、俺が行くよ」

名乗りを上げた亨が、ピンと張ったザイルを手で手繰《たぐ》り寄《よ》せつつ、ロッククライミングの要領《ようりょう》で、コンクリート塀を登り始める。昔から崖登《がけのぼ》りは得意だったが、それがこんな形で役立つ日が来るとは、人生って侮《あなど》れない。

ものの数分で塀の頂上に辿り着いた。そこからは、今度は塀に隣接している樹木を伝って地面に降りる。

幹の陰に身をひそめ、しばらく敷地内の様子を窺ってから、問題なしと判断した亨は、イヤホンマイクに囁《ささや》いた。

「Come《カム》 on《オン》! Babies《ベイビィズ》」

それを合図に、秋守と伊吹が塀を登ってくる。

その間に足音を忍ばせて裏口に近寄った亨は、ドアノブの下の鍵穴をマグライトで照らした。

梗一の事前の情報どおり、シリンダー錠だ。

「ラッキー。ピン・タンブラーだ」

これなら開錠まで一分とかからない。

ピックとテンションを使って鍵を開け、いよいよ倉庫内に侵入する。

建物の中は、エアコンが切れているのにも拘《かか》わらず、ひんやりと冷たかった。シンと静まり返った廊下に、非常口を知らせるサインシステムだけがぼんやり浮かび上がっている。

「自身が夜勤のアルバイトをしていた依頼者によれば、警備員室は一階の正面玄関の向かって左手奥に配置されている。深夜シフトの警備員はひとり。夜間の巡回《じゅんかい》は三時間置きという話だったよな？」

秋守のひそめた声に伊吹がうなずき、ダイバーウォッチの発光する文字盤を読んだ。

「現在、十二時二十五分。十二時の巡回がちょうど終わった頃だ。これから三時まで見回りはない」

「じゃ、その間に片付けちゃおうぜ」

三人は、それぞれマグライトで前方を照らしながら、暗い廊下を進んだ。

「階段は右手の奥だ」

見取り図で確認した秋守の誘導に従い、地下二階まで降りる。

マネキンのストックされている部屋は、廊下の突き当たりに位置していた。鉄製の堅牢《けんろう》な扉で閉ざされており、念のためにドアノブを回してみたが、案の定《あんじょう》びくとも動かない。

「がっちりダブルロックかかってんな。こいつの開錠はプロでなきゃ無理だ。どうする？」

ドアノブから手を離した亨が振り返ると、秋守が見取り図をライトで照らした。

「地下のトイレの天井《てんじょう》から室内までダクトが繋《つな》がっている」

「ダクト伝って中に入るの？」

「それしか手がない。亨、行けるか？」

「って、俺⁉」

「おまえが一番身が軽くて細い」

伊吹に駄目《だめ》押《お》しされ、亨はむっとむくれた。

「……チューと鉢合《はちあ》わせたらどーすんだよ」

その可能性を思うだけでぞっとしながら反論したが、あっさり流される。

「いい年してネズミくらいでビビるな」

「おまっ……くらいとか言うなよ！　由利《ゆり》だって知ってんだろ？　ガキの頃に薬指を齧《かじ》られて以降、チューが俺の天敵なのを！」

以来、その名前を口にするのも嫌で、避《さ》け続《つづ》けてきたというのに。

「あれは、おまえがネズミの穴に無防備に手を突っ込んだからだろ？」

「どぱっと血が出て、一週間くらいズキズキ痛かったんだぞ」

往生際《おうじょうぎわ》悪くぐずってみたところで、この三人の中だったら、自分が行くしかないことは自明の理だ。

「畜生。呪《のろ》ってやる、青年Aめ」

呪詛《じゅそ》を吐きつつ渋々と、マネキンの部屋と廊下を隔《へだ》て、向かい合わせの位置にある洗面所に移動した亨は、背中の荷物を下ろし、秋守に預《あず》ける。

男子用トイレの個室に入り、便座の上に立って両腕を上げ、天井をぐっと押し上げた。通気口を塞《ふさ》いでいたパネルが五センチほど持ち上がる。横にずらすと、ちょうど人ひとりが通れるくらいの大きさの孔《あな》が現れた。

「よっ」

腕の力で体をじりじりと持ち上げ、天井裏に這《は》い上《あ》がる。俯《うつぶ》せに伏《ふ》せた状態で、亨はマイクに尋《たず》ねた。

「右？　左？」

『左だ』

秋守の誘導を頼りに、八十センチ四方のダクトを這い出す。

「げほっ、埃《ほこり》っぽい。……熱気が籠《こ》もってて空気悪いよ。暗いよ。くすん……芋虫《いもむし》とかモグラってこんな気持ちなのかな……ぎゃあっ」

『どうした!?』

「い、今……脹《ふく》ら脛《はぎ》の上をなんかが横切った……」

『ネズミだろ？』

伊吹の非情な決めつけに、カッと頭に血が上《のぼ》る。

「だから軽く言うなって！　その存在を必死に頭から追いやってんのにっ」

『だったらそのまま何も考えずに進め』

「……由利って冷たい。……なぁなぁ俺たちさぁ、なんでこんな真夜中にコソドロみたいな真似《まね》してるんだろうな。俺、明日も六時起きなんだけど。ブルちゃんのバースデーケーキの注文も入ってるしさぁ」

『それを言うなら由利が一番ジレンマ抱えてるんじゃないの？　本職刑事だし』

　バンで待機中の彼方が割り込んでくる。

『俺の心配はいいから、無駄口たたいてる暇《ひま》があったら急げ』

「なんかしゃべって気を紛らわせてないとチビりそうなんだよ」

　それでも、ネズミの気配に怯《おび》えつつもにじにじと進むうちに、ようやっと通気口に行き当たった。

「通気口にぶつかったけど、ここで降りていいの？」

　指示を仰《あお》ぐと秋守が応《こた》える。

『そうだ。そこから室内に入れ』

　格子《こうし》を摑《つか》んでぐいっと引き上げた。外《はず》れた格子をスライドし、ぽっかりと空《あ》いた穴の縁《へり》に手を掛け、ぶらりとぶら下がる。

　手を離した亨は、一メートルほど下の床にすとんと着地した。

　はーっと新鮮な空気を吸い込み、解放感に浸《ひた》ったのも束《つか》の間《ま》、周《まわ》りを見回してフリーズする。

薄暗い空間に林立する何十体ものマネキン。右を向いても左を向いても無表情なマネキンと目が合う。

「きも……」

思わずぶるっと震えた。

壁際の棚には頭のみがずらりと並んでいたり、上半身や脚だけが無造作《むぞうさ》に床に置かれていたりして、かなりシュールな図だ。

(なんか、ホラー映画でこんな感じの映像を観《み》た記憶が……)

不気味さに気圧《けお》され、じりじりと後ずさった亨の背中が、間もなく障害物にぶつかる。振り返った刹那《せつな》、ビニール越しの、うつろなビー玉の瞳と目が合い、ぞくぞくっと背筋を悪寒《おかん》が走った。

「ひーっ」

悲鳴をあげて逃げ出し、今にも動き出しそうなマネキンの間を一気にドアまで駆け抜ける。鉄の扉に飛びつき、錠を外して内側から開けるやいなや、その瞬間を待ち詫《ま》《わ》びていたように秋守と伊吹が入ってきた。ふたりはマネキンの軍団を見てもまるで動じず、背中の荷を床に下ろす。

「さっさと組み立てるぞ」

「お……おう」

まずは足首と脚を合体。次に完成した下半身を胴体とジョイントさせようとしたが、手許《てもと》が暗いせいもあって、なかなか上手《うま》くいかない。互いの凹凸《おうとつ》を嵌《は》め込むだけのシンプルな構造なのだが。

「くそ、固い……」

かといって、地下二階とはいえ、どこから明かりが漏《も》れるかわからないので、電気を点《つ》けるわけにもいかなかった。

「えぇい、このっ」

苛立《いらだ》った亨が力任せにねじ込もうとした瞬間、パキッと嫌な音がした。じわっと嫌な汗が脇の下に滲《にじ》む。

「やべぇ……壊れちゃった」

泣きそうな声を出すと、隣りの伊吹がちっと舌打ちをした。

「馬鹿。力任せにやろうとするからだ。俺に貸せ！」

伊吹に胴体と下半身を奪《うば》い取《と》られる。

「ライトで俺の手許を照らせ」

「こう？　どんな感じ？　大丈夫そう？」

不安げに尋ねてもしばらく返事がなかったが、やがて「――ん？」と訝《いぶか》しげな声が聞こえてきた。

「どうした？」

その間に着実に作業を進め、両手首を両腕に嵌め終わった秋守が寄ってくる。

「胴体の側面《そくめん》の一部をパテで埋《う》めてある」

「その部分が割れたのか」

「亨、ライト貸せ」

自《みずか》らライトを翳《かざ》し、ひび割れの中を覗《のぞ》き込《こ》んだ伊吹が、しばらくして「……穴だ」とつぶやいた。

「穴？」

「樹脂《じゅし》をくり貫《ぬ》いて、筒状《つつじょう》の穴が空けられている。直径は五、六センチほど……奥行さは十五センチってとこか」

「でも、ふつーマネキンってそういうものなんじゃない？　よく知らないけど、軽くするために芯《しん》の部分は空洞なんじゃないの？」

亨の素人《しろうと》見解に、秋守が納得のいかない声を出す。

「軽量化を計《はか》るのが目的ならば、そんな中途半端な大きさの穴を空けても意味はないだろう」

「そっか。それに実際めっちゃ重かったもんな」

ふたりのやりとりの最中、伊吹はまだ何かが引っかかる様子で、眉根を寄せたまま、じっとひび割れを見つめていたが、不意にマネキンの胴体を左右に揺すった。かすかにカラカラといいう音が聞こえる。

「あれ？　なんか今音が……」

亨がすべてを言い終わる前に、伊吹が手許のマグライトを逆さに持ち替え、ぶんっと振り下ろした。バキッと、先程より大きな音が響き、パテが砕《くだ》け散《ち》る。

「由利っ」

自分が作ったひびをさらにガツッ、ガツッと打ち砕かれ、亨は目を剝《む》いた。ひび割れは、いまや直径五センチほどの穴になってしまっている。

「ちょっ……ヤバイって……っ」

暴挙を止めようとする亨の手を振りきり、伊吹が今度はマネキンの胴体を上下に振った。ふたたびカラカラと音がして、穴から何かが落ちてくる。カツーンと床を跳《は》ねたそれを、伊吹が手を伸ばして拾い上げた。

直径五、六ミリほどの小さな粒だ。色は白。一見して薬の錠剤《じょうざい》に見える。

「何それ？　乾燥剤かなんか？」

「…………」

問いかけに答えはなく、手のひらの上の白い粒を見つめる伊吹の横顔は険《けわ》しかった。

ライトを当て、転がしたり裏返したりしながら見分していたが、やおら立ち上がる。

「おい、どこ行くんだよ？」

その問いにも答えず、無言で林立するマネキンを掻《か》き分《わ》けていく。一体何が起こったのか理解できないままに、とりあえず亨と秋守もそのあとを追った。

何かを探しているようだった伊吹の背中が、ほどなく、ぴくりと反応した。部屋の一番奥に積まれている木箱まで、大股《おおまた》で近づく。

高さ、横、奥行き共に二メートルはあるであろう木箱に貼《は》られたラベルの文字を秋守が解読した。

「中国からの荷だな。今日の午後船便で到着したばかりで、コンテナから出されたまま、まだ荷解《にと》きがされていない。由利、この荷が気になるのか？」

仁王立ちで木箱を睨《にら》みつけている伊吹に尋ねる。

「秋守、マネキンを中国から輸入するっていうのは一般的な話か？」

「マネキンは専門外なので詳《くわ》しいことはわからないが、今はほとんどのメーカーが中国に工場を持っているからな。以前に比べて品質も安定しているし、運搬《うんぱん》等にかかるコストを上乗せしても輸入したほうが割安なのはたしかだが……そういえば」

秋守が何かを思い出したように言葉を切った。

「昼に梗一から今回の『ミッション』について説明を受けたあと、輸入会社の倉庫という話が気にかかって、念のためにオーナー会社を調べたんだ。うちとは取引のない小さな会社で、メインの扱い荷は中国からの衣料品だった。マネキンも輸入品目に入っているが、不思議なことにここ数年、仕入れるばかりでどこにも卸《おろ》していないんだ」

とたん、伊吹の顔つきが変わった。突如《とつじょ》木箱に手をかけ、よじ登り始めた伊吹に驚き、亨と秋守は同時に叫《さけ》ぶ。

「由利！」

あわてて止めようとしたが、逆に「手伝え！」と怒鳴《どな》られてしまった。

その気迫に圧された亨がへどもどと問いかける。

「て、手伝えって何を？」

「中の荷を改める」

思わず傍《かたわ》らの秋守を見やると、一瞬の思案のあとで決断が下された。

「まだ見回りまで時間がある。由利を手伝おう」

「——了解」

亨も肩を竦《すく》め、ため息混じりにつぶやく。

「よくわからないけど、由利の刑事の勘が働いたってことだろ？」

三人がかりで釘を抜き、木箱の蓋《ふた》をこじ開けた。緩衝材《かんしょうざい》で厳重《げんじゅう》に梱包《こんぽう》されたマネキンの頭頂部が見える。

「ひい、ふう、みい……全部で八体」

そのうちの一体を伊吹が無作為に選び、木箱から取り出した。

床に寝かせ、緩衝材をサバイバルナイフで切り裂く。エアパッキンの中から現れたマネキンは、今回の依頼品と同じ顔をしていた。

早速上半身と下半身を分解した伊吹が、胴体部分の断面にナイフを突き刺す。迷いのない手つきで樹脂をザクザクと切り裂いていく。

その一部始終を、亨は息を詰めて見守った。

もし、ここまで大胆なことをしておいて何も出てこなかったら……？

一抹《いちまつ》の懸念《けねん》が脳裏を過《よぎ》ったが、その時はその時だと腹をくくった。

（どのみち、毒を食らわば皿まで、だ）

楕円形《だえんけい》に樹脂をくり貫いた伊吹が、ナイフを床に置き、胴の中に指を突っ込む。その顔に、何か手応えを摑んだような緊張が走った。

「由利？」

ややして引き抜いた親指と人差し指に摘《つま》まれていたのは、透明のビニール袋。錠剤らしきものがびっしりと詰まった縦長《たてなが》のビニール袋だ。サイズは約五センチ×十五センチほど。

「何、それ？」

目を丸くする亨に、伊吹が低音で答えを寄越す。

「おそらく……ＭＤＭＡだ」

「ＭＤＭＡって？」

「メチレンダイオキシメタンフェタミン。合成麻薬の一種で、通称、XTC《エクスタシー》」

5

ＭＤＭＡ――通称、ＸＴＣ《エクスタシー》。レクリエーション・ドラッグとして若者に人気がある、というレベルの知識は亨《とおる》にもあった。

「え？　ちょ、ちょっと待って。到着したばっかのマネキンの中からそのＸＴＣが出てきたってことは……」

懸命《けんめい》に整理した思考を言葉にする。

「つまり、この倉庫のオーナーがマネキンにＸＴＣを仕込んで密輸入してるってこと？」

「そういうことになるな」

伊吹《いぶき》が低い声で肯定《こうてい》した。

「じゃ、じゃあ、木箱の中に入っている他のマネキンも？」

「樹脂《じゅし》をくり貫《ぬ》き、ドラッグを仕込み、運搬《うんぱん》するための『容器』ということだ」

木箱を睨《にら》みつける伊吹の眼光《がんこう》は鋭《するど》く、刑事のそれになっている。

「俺たちが返却するために運んできたマネキンは、すでに密輸品を回収した『使用済み』のものなんだろう。その際に梱包《こんぽう》のビニールが一部破損《はそん》していたか、そもそも仕込む際に漏《も》れたのかはわからないが、とにかくさっきの一粒だけが『体内』に零《こぼ》れ落《お》ちていた。おそらく、ドラッグ運搬用の『容器』としての使命を終えたマネキンは、この部屋に一定期間ストックされ、ほとぼりが冷めた頃合いを見計《みはか》らって内々に処分されていたと思われる」

「『容器』として使ったあとは、何食わぬ顔で商品としても出荷しちゃえば一石二鳥なんじゃないの？」

亨の素朴《そぼく》な疑問に、秋守《あきもり》が答える。

「下手に出荷して、万が一にでもからくりが明らかになるリスクを思えば、俺なら処分するほうを選ぶ」

「そういうことだな。そもそも今時、ここまでずっしりと重いマネキンに需要があるとも思えん」

伊吹の説に納得しつつも、予期せぬ展開への戸惑《とまど》いは隠せず、亨は仲間の顔を交互に見た。

「――で？　どうするんだよ？」

「所轄《しょかつ》も管轄も違うが、この目で見てしまった以上は放ってはおけん。とりあえずはこいつを持ち帰り、本当にＭＤＭＡかどうかを調べる」

伊吹の返答は、ほぼ予想どおりのものだった。

「まぁ、由利《ゆり》の立場上、そうせざるを得ないよな」

秋守が同意し、亨は天を仰《あお》ぐ。

「あーあ、マネキン返すだけのつもりが、なんだか面倒《めんどう》なことになっちゃったなぁ。ついてね

――」

ぼやいた直後だった。

ガチャッ。

出入り口のほうから聞こえてきた物音に、三人同時に肩を揺《ゆ》らす。

(誰か……来た？)

警備員にしては時間が早い。

フリーズしているうちに、鉄のドアが開くギィーッと重たい音が響いた。

「ライト消せ！」

伊吹の指示であわててマグライトを消し、マネキンを引きずって木箱の後ろへ回り込む。

暗闇の中で息を潜《ひそ》めていると、男の野太い声が聞こえてきた。

「今日の午後に船便で着きまして、いつものように保管してあります」

「よし。例のルートで、なるべく早く捌《さば》け」

「どうします？　念のため荷を確認しますか？」

「そうだな」

「今、電気を点《つ》けます」

パチッというスイッチを入れる音が聞こえ、部屋の蛍光灯が一斉に瞬《またた》いた。

「………っ」

眩《まぶ》しさに目を細めている間にも、複数の男の足音が、こちらに向かって近づいてくる。

（うわ、よりによってバッティング。これってなんの罰《ばつ》ゲームだよ？）

焦《あせ》った亨は傍《かたわ》らの伊吹に囁《ささや》いた。

「ど、どうする？」

「……どうするも何も」

低くつぶやいたかと思うと、錠剤《じょうざい》入りのビニール袋をナップザックに仕舞《しま》い込《こ》み、背負《せお》う。

「退路がない以上、行くしかない」

「そうだな」

同意した秋守が、小声でバンの彼方《かなた》に指示を出した。

「緊急事態発生。戻り次第発車できるよう、待機していてくれ」

心得た彼方は、事情を問《と》い質《ただ》すことなく『了解』とだけ返してくる。

「って、やるの？」

亨の確認にうなずきつつ、伊吹が立ち上がった。

「仕方ないだろう。とりあえずは敵の意識を失わせて――」

同じく、立ち上がりながら秋守が言葉を引《ひ》き継《つ》ぐ。

「逃げる」

ため息《いき》をひとつ吐《つ》き、亨も腰を上げた。

「了解《ラジャー》」

「な、なんだてめえらっ」

突然、木箱の上に現れた黒ずくめの三人組に、男たちがどよめいた。

反射的に身構える男たちを、頭上から見下ろす。

敵は三人。

ダブルのスーツに身を包んだ、恰幅《かっぷく》のいい中年男。その両脇を固めるのは、舎弟風の男×2。

ひとりは茶髪のロンゲ、もうひとりはボウズに近い短髪に顎髭《あごひげ》だ。

瞬時に彼らの風体《ふうてい》を見て取るや、亨は顔をしかめた。

「うあ、凶悪《きょうあく》そう。見るからにその筋って感じ」

「亨、好きなのを選べ」

伊吹の促《うなが》しに「好きなのって……どれも好みのタイプとは程遠いけど、強《し》いて言うなら右端《はし》」と答える。

右端の三十絡《がら》みのボウズ頭が一番小柄《こがら》だったからだ。その分、がっちりはしているけれど。

「わかった。俺は真ん中の重量級を」

「となると必然的に俺は左だな」

秋守が腕組みでつぶやく。

それぞれ担当を決めたところで、ヘッドらしき中年男から野太い声が飛んだ。

「おまえら、何者だっ」

「名乗るほどの者じゃないし、ほとんど通りすがりみたいなもんなんで、スルーしてもらえたら嬉《うれ》しいんだけど」

敢《あ》えて明るく放った亨の台詞《セリフ》に、男たちの顔がみるみる険《けん》を孕《はら》む。

「なんだとぉ!? ふざけやがってこのガキ！ 降《お》りて来いっ」

「……やっぱダメだよね」

首を竦《すく》めるなり、亨は木箱からひらりと飛び降りた。着地と同時に、右端のボウズ頭と対峙《たいじ》する。伊吹と秋守も床に降り立ち、各自対戦相手と向き合った。

「ニイちゃん、かわいい顔して泥棒はいけないなぁ」

亨を見たボウズ頭が、にやっと笑った。その、明らかにこちらを見下し、舐《な》めきった表情に亨も微笑《ほほえ》み返《かえ》す。

「逆だよ。戻しに来たんだって」

「戻しに……だぁ？」

「用を済ませてとっとと帰りたかったのに、あんたらが余計なものを密輸したりするからさ」

とたん、男の形相《ぎょうそう》が変わった。

「この……っ」

いきなり殴《なぐ》りかかってきた男の拳《こぶし》を、ひょいっと避《よ》ける。

「おっと、殴り合いはナシ、ね。手ぇ痛めたら明日の作業に差《さ》し障《さわ》るし」

「何をごちゃごちゃ……うるせえっ！」

空振《からぶ》りに苛立《いらだ》ったらしい男が、ふたたび拳を繰《く》り出《だ》してきた。体を左右に振り、二度、三度と続けて躱《かわ》すと、男がギリギリと歯噛《はが》みをする。

「舐め腐《くさ》りやがって、このガキッ」

毛のない眉《まゆ》を吊《つ》り上《あ》げ、スーツの懐《ふところ》に手を入れた。黒光りする拳銃を抜き出した刹那《せつな》、亨がくるっと回転して右足を高く蹴《け》り上《あ》げる。

「うあっ」

男の手から黒い塊《かたまり》が弾《はじ》き飛《と》ばされ――宙を舞った。男が体勢を立て直す隙《すき》を与えず、その胸を再度強く蹴る。

「ぐっ……」

くぐもった呻《うめ》き声《ごえ》をあげ、男が仰向《あおむ》けにひっくり返った。床に倒れ込んだ男の上に飛び乗った亨は、落下してきた銃を片手でキャッチして、ボウズ頭に銃口を突きつけた。

「……っ」

息を呑《の》んだ男がじわじわと細い目を見開いた。恐怖に歪《ゆが》む顔にゆっくりと顔を近づけ、耳許に囁く。

「オッサン、いくらヤーさんだからってこんなおっかないもん持ってちゃいけないなぁ」

親指でカチッと安全装置を外《はず》すと、男の喉《のど》がひっと鳴った。

「よ、よせッ」

にっと唇《くちびる》を横に引いて尋《たず》ねる。

「……試していい？」

「た、頼むっ……俺には女房とまだ小さいガキがっ」

「じゃあ、その家族のためにも足を洗いなよってことで」

亨は引きつった男の首筋に手刀を入れた。男のボウズ頭がガクッと横に倒れる。

「お仕置き完了――っと」

気を失った男の上から立ち上がって振り返ると、伊吹がちょうど中年男を床に沈《しず》めているところだった。秋守担当の茶髪ロンゲは、すでに白目を剝《む》いてぐったりと壁に凭《もた》れかかっている。

「縛《しば》るもの、あるか？」

伊吹の問いに、秋守が木箱を振り返った。

「梱包を解《ほど》いた時の結束紐《けっそくひも》があったな」

ポリエチレン製の平テープで、意識のない男たちを後ろ手に縛り上げる。さらにはパイプに

繋《つな》いだ。マネキン一体を木箱に戻し、もう一体はとり急ぎバラバラの状態でマネキン群に紛《まぎ》れ込《こ》ませ、自分たちの痕跡《こんせき》を消す。

「引き上げるぞ」

部屋から出た三人は、入ってきた時の逆ルートで倉庫の敷地から脱出した。塀を伝って降りた場所に、彼方がぴったりバンを横付けしている。

スライドドアを開け、三人が後部座席に乗り込むと同時に、バンが走り出した。

「はぁー……」

シートにぐったりと凭れかかった亨が、深い息を吐き出す。

「……めっちゃ疲れた」

ほっとしたせいか、急激に疲労と眠気が襲ってくる。腕時計を見れば二時十五分。いつもならとっくに夢の中の時間だから、それも当たり前だ。

「一体何があったのさ？」

運転席から彼方が訊《き》いてきた。

「詳《くわ》しい事情はあとでじっくり説明するが、中で思いも寄らないアクシデントが発生したんだ」

秋守が答え、亨はあくびを嚙《か》み殺《ころ》しながら言った。

「……とりあえず俺たちとしては『マネキン返却』っていうミッションはクリアしたってこと

で……後始末は専門の伊吹に任せていいんだよな？」

「ああ、俺はこのまま本庁へ向かうから、おまえたちは適当な場所で解散してくれ」

請《う》け合《あ》った伊吹がナップザックから携帯を取り出し、どこかに電話をかけ始めた。

† † †

数日後、梗一《きょういち》から呼び出しがかかり、亨が約束の時間に十分遅れで夜の牧師館《ぼくしかん》に自転車で乗り付けると、すでに他のメンバーは揃《そろ》っていた。

「うっす」

いつものように片手を挙《あ》げて挨拶《あいさつ》を済ませた亨の傍《かたわ》らに、秋守がすっと寄ってくる。

「おまえが遅刻なんてめずらしいな」

耳許《みみもと》で囁かれた。

「うん、店を出ようと思ったらマリから携帯かかってきて……」

言いながら視線を上げて、つと、秋守の表情が翳《かげ》ったことに気がつく。あわてて言葉を継いだ。

「あ、仕事のことでさ。俺も覚えがあるけど、自信無くしたり、いろいろ迷う時期らしくてさ」

「そうか」

「まー。一応先輩としてアドバイスをね」

（って、なんで、こんな言い訳してんだよ。俺……）

内心で顔をしかめていると、梗一から声がかかる。

「みんな集まったところで、由利《ゆり》から報告があるそうだ」

伊吹が暖炉《だんろ》の前に立ち、前回のミッションの、その後の経過と事後処理について報告を始めた。

あのあと、伊吹は警視庁に駆けつけ、持ち込んだ錠剤を調べた。検査結果はクロ。錠剤がMDMAであることが判明するやいなや上層部に直接かけ合い、表立っては自分の名前を出さないことを条件に、倉庫の件を報告。組織犯罪対策部の捜査員を倉庫に急行させたらしい。

物的証拠を押さえられた男たちは現行犯逮捕された。

ちなみに、輸入会社の中でも、密輸にかかわっていたのはごく一部で、あの三人の男たちが主犯格だったようだ。

「しかし驚いたな。オタク青年の『出来心』が密輸事件に発展するとは……」

現場にいなかった梗一が、いまだにピンときていない面持《おもも》ちでつぶやく。

「こういうの、『瓢箪《ひょうたん》から駒《こま》』って言うのかね。ま、俺たちにとっちゃいい迷惑だけど」

ソファの彼方が嘯《うそぶ》いた。

「でもこれで若者の薬物汚染を多少なりとも未然に防げたんなら、俺がチューに怯《おび》えつつダクトを這《は》いずった甲斐《かい》があったってこと？」

亨の主張を伊吹が「まぁな」と鷹揚《おうよう》に受け流す。

「刑事さん、もうちょっと労《ねぎら》ってくれてもいいんじゃねぇの？」

亨が口を尖《とが》らせた時、ドアが開き、パパが登場した。

「ベイビィたち、今回もお疲れ様でした」

柔和《にゅうわ》な顔に笑みを浮かべ、両手を大きく開く。

「例の青年ですが、マネキンを返却してもらったことを大変に感謝しておりました。回心し、初めてのお給料の中から教会に寄付をすると約束してくれましたよ。有《あ》り難《がた》いことです。これもみな、あなた方の奉仕《ほうし》のおかげです。主もさぞやお喜びのことでしょう」

「…………」

パパの満面の笑顔とは裏腹に、奉仕を強《し》いられたベイビィズは誰もが軽い脱力感を覚え、神様にわからないようにこっそりと、胸の中でため息を吐いた。

「んじゃ、俺、そろそろ帰るわ。明日も早いし」

『美国《みくに》ハウス』に顔を出し、子供たちにおみやげのエクレールを渡してリビングに戻ってきた亨は、伊吹と梗一にいとまを告げた。

「梗一、由利、お疲れー」

「ああ、お疲れ。また来月」

梗一がソファから立ち上がり、玄関まで見送ってくれる。

「今回は大変だったな」

「次はお手柔らかにってパパに言っておいて」

「それが言えたら苦労はしない」

「だよな」

お互いに微苦笑を浮かべ合ってから、亨はふと気がついた。

「そういや、秋守と彼方は？」

お茶をしていた時は、全員が揃っていたはずだけど、さっきリビングにはふたりの顔が見えなかった。

「さぁ、先には帰っていないはずだから、キッチンか洗面所じゃないか？」

「そっか。じゃあ、ふたりによろしく言っておいて」

梗一と別れ、牧師館の外へ出る。視線を上げた先の、群青《ぐんじょう》色の空にはまんまるの月。今夜は満月だ。

（やっぱ、秋守を探して挨拶すりゃよかったかな。あいつ、変なこと気にしそうだもんな）

煌々《こうこう》と明るい月明かりの下、引き返そうか、でもそれだけのためにわざわざ戻るっていうのもなんだかな……などと考えあぐねつつ、駐車してある自転車に近寄りかけた亨は、どこかからぼそぼそと漏れ聞こえてくる話し声に足を止めた。

（こんな時間に……信者じゃないよな）

『美国ハウス』の子供たちが部屋を抜け出したのかと思い、声の発生源へと足を向ける。

壁の角から覗《のぞ》き込《こ》んだ教会堂《きょうかいどう》のドアの前に、ふたり分の人影があった。予想とは違い、長身のスーツ姿と、小柄でスリムな黒ずくめ。

——彼方と秋守？

（へー……めずらしい組み合わせ）

声をかけようかとも思ったが、どうもそんなムードじゃない。

ピリピリと張り詰めた不穏《ふおん》な空気を察した亨は、とっさに壁に顔を寄せて聞き耳を立てた。

「おまえが俺を疎《うと》んでいるのはわかっている。言いたいことがあるなら、今ここですべて吐き出せ」

秋守らしくない、挑発的な声色《こわいろ》に驚く。

「じゃあ、遠慮なく言わせてもらうけど」

片や彼方も心持ち顎を反《そ》らし、腰に手を当て、受けて立つ気満々だ。

「いい加減、仲間面《づら》されるの、ウザイんだよ」

吐き捨てるような物言いに、秋守の肩がぴくっと揺れる。

「秋守が俺たちを捨てて士堂《しどう》財閥を選んだこと、俺は一生忘れない。おまえが二年前、ロンドンから戻ってきた時、どの面下げて会いに来たんだって、ほんと腸《はらわた》煮えくり返った。――お人好《ひとよ》しな亨は五人が揃えば昔に戻れると思ってるみたいだけど、俺たちはもう住んでる世界が違うんだよ。別におまえがいなくても、十二年間、俺たちはずっと問題なく四人でやってきた。いきなり舞い戻ってきて仲間面されても迷惑ってこと」

「…………」

「仲良しごっこはもううんざりなんだよ。おまえなんかイラナイ。いいからとっととロンドンの女医と結婚でもなんでもしちゃって」

「…………」

「亨の前から消えてよ」

「結局……おまえの本音はそれか」

秋守の冷ややかなつぶやきに、彼方が眼光を強める。

(秋守……彼方)

仲間であるはずのふたり。自分にとって、どちらも大切な幼なじみであるふたりが、敵意を剝《む》き出《だ》しにして睨み合う図にショックを受ける。

（……なん…で？）

亨はぎゅっと拳に力を入れた。衝撃のままに震える両手をきつく握《にぎ》り締《し》め、その場に立ち尽くすことしかできなかった。

Mission #15

1

「おはようございます！」

清々《すがすが》しい日曜の早朝の空気に相応《ふさわ》しい、さわやかな声が後ろからかかった刹那《せつな》、美国《みくに》梗一《きょういち》は眼鏡《めがね》の奥の切れ長の双眸《そうぼう》をすっと細めた。

（また来やがった）

内心でちっと舌を打ちつつも、聞こえなかったフリで無視していると、一緒に教会堂《きょうかいどう》の掃除をしていた父親が顔を上げた。

「沢木《さわき》くん」

さわやかな声の主《ぬし》を認めた父親——ここ『聖ヨセフ・美国教会』の主教《しゅきょう》である美国凛太郎《りんたろう》が、にこやかに顔をほころばせた。

銀の髪に踝《くるぶし》までの黒の祭服《さいふく》がトレードマークの凛太郎は、いつどんな時もきちんとカラーを嵌《は》め、就寝《しゅうしん》時以外はキャソックというこの祭服を脱がない。

「今朝も早いですね。一番ですよ」

そうだ。早く来すぎだ。早祷《そうとう》は七時半からだぞ。四十分も早い。

「はい。礼拝《れいはい》があると思ったら、なんだか早く目が覚めちゃって」

「沢木くんは本当に熱心ですね。若いのに感心なことです」

心から感じ入っている風の凜太郎の声に、心の中で突っ込みを入れる。

そいつが足繁《あししげ》く教会に通ってくるのは、信仰心のためじゃない。そんなに清《きよ》らかな動機じゃない。真逆だ。下心なんだよ。

そう糾弾《きゅうだん》してやりたいができない。そんなことを言ったら、自分とやつの一夜の過《あやま》ちが父親にばれてしまう。

もどかしさに眉《まゆ》をひそめ、梗一はモップで床を磨《みが》く手に必要以上の力を込めた。

「沢木くんが初めてここを訪《おとず》れた夜のことを覚えていますよ。たしか、お友達のお家《うち》を探していて、道に迷われてしまったんですよね？」

「はい」

その帰り道だ。

自分がこの疫病神《やくびょうがみ》と出会ったのは——。

「困《こま》って、教会堂に入って来られた。ちょうど私は夜のお祈りを捧《ささ》げているところでした」

「ふと思い出したんです。教会は迷える者のためにいつでも門戸《もんこ》を開いているということを。僕、子供の頃に近所の教会の日曜学校に通っていたので」

「そのとおりです。信仰の扉はいつでも開け放たれています」

「あの時、親切に道を教えてくださった主教様のおやさしさが心にしみて……すっかりファンになってしまいました」

(よく言ったものだ。白々しい)

梗一は冷ややかな一瞥《いちべつ》を背後の男に走らせた。

白いシャツに細身のボトム、生成《きなり》のジャケットを身に纏《まと》ったすらりと背の高い——まだ年若い男。明るい栗色《くりいろ》の髪と、好奇心旺盛《おうせい》そうな瞳《ひとみ》。

顔立ちはすっきりと今風に整《ととの》っており、物腰や佇《たたず》まいから、どこか毛並みの良さが漂《ただよ》う。名前は知らないが、最近よくテレビやCMに出ている若手俳優に面立《おもだ》ちが似ているかもしれない。

沢木主税《ちから》。二十五歳。新宿署《しんじゅくしょ》刑事課強行犯《きょうこうはん》係に所属する刑事。

男に関するデータを脳裏《のうり》に還《かえ》すと同時に、いつぞやの、見た目の好青年ぶりにそぐわない挑戦的な台詞《セリフ》が蘇《よみがえ》ってくる。

——俺、あなたのこと諦《あきら》めませんから。

——俺、いつか絶対あなたの一番になりますから。

生意気な宣言どおり、翌週から沢木の教会通いが始まった。さすがに平日は仕事で来られないようだが、こうして日曜となれば朝からせっせと顔を出す。

これでもう六週連続……。

(おまえは百夜通《ももよがよ》いの深草少将《ふかくさのしょうしょう》か)

ああは言っていたが、適当にあしらっていればそのうち来なくなるだろうという予想を裏切り、沢木はいっこうに諦める素振りがない。

どんなに冷たく邪険《じゃけん》にしても、めげずにあれこれと話しかけてくる。なんとか会話の糸口を摑《つか》もうと必死だ。それが逆効果だとわかっていない。

自分は、粘着気質《ねんちゃくきしつ》なタイプが何より嫌いなのだ。執着《しゅうちゃく》されただけで萎《な》える。

(しつこいんだよ)

「お手伝いします」

うんざりしていたところに不意に声をかけられ、はっと肩を揺《ゆ》らす。いつの間にか、沢木がすぐ側《そば》に立っていた。

褐色《かっしょく》の瞳が、自分をまっすぐ見下ろしてくる。

「雑巾《ぞうきん》、お借りしていいですか?」

「…………」

梗一が黙っていると、勝手に余《あま》っていた雑巾を手に取り、ベンチをキビキビと拭《ふ》き始《はじ》めた。

若さ溢《あふ》れるハツラツとしたその動きを、凜太郎が目を細めて見ている。父の中でまたもや沢木の株が上がったに違いない。

(将を射《い》んと欲《ほっ》すれば先《ま》ず馬を射よ、か?)

当人がつれないからと言って、肉親に取り入ろうという作戦がそもそも小癪《こしゃく》に障《さわ》る。

腹立たしい気分のままに、ベンチを一巡《いちじゅん》して戻ってきた沢木に梗一はつぶやいた。

「六週連続で皆勤賞《かいきん》とは、ずいぶんと暇《ひま》なんだな。刑事っていうのはもっと忙しいものだと思っていたが」

沢木の肩がぴくっと揺れる。

「少なくとも由利《ゆり》は年中忙しそうにしているが？」

由利というのは幼なじみで（その可憐《かれん》な名前の響きがまるで似合わない強面《こわもて》だが）、やはり新宿署で刑事をしており、偶然にもこの沢木の直属の上司に当たる。その偶然のせいで、沢木に付け入られることになったのは、神のいたずらか……。

すっきりと整った横顔が微妙に引きつったように見えた一瞬後、くるっと向き直ってきた沢木が、取《と》り繕《つくろ》ったみたいな笑みを浮かべた。

「今は刑事もちゃんと休みを取りますし、普通のサラリーマンとかと比べても、残業もそんなに多くないですよ？」

「そうなのか？」

「それに俺、まだ担当の仕事がないんですよ。だからわりかし時間が自由になるんです」

「ふうん……つまりは役立たずの半人前ということか」

ぼそっと低くひとりごちると、沢木が「今、何か言いました？」と尋《たず》ねてくる。

「いや、別に。由利も新人のお守《も》りが大変だと思っただけだ」

「先輩はまったく全然いっさいさい新人の面倒とか見ませんけど」

「何か言ったか？」

低音のつぶやきが聞き取れずに聞き返すと、沢木がにこっと笑った。

「いいえ、なんでもありません」

「…………」

心なしか空気もひんやりとする殺伐《さつばつ》とした会話のあとで、どちらからともなく視線を逸《そ》らし、ふたたび掃除を再開。

望まぬ助っ人ではあったが、それでも沢木のおかげで、いつもは三十分は優にかかる掃除が十五分で済んだ。道具を片付けた頃、つきあいの古い信者たちが次々と教会堂に入ってくる。

「主教様、梗一先生、おはようございます」

「おはようございます」

「おはようございます」

「おや？　もう掃除は終わりですか？」

「今日は沢木くんが手伝ってくれましたので」

凜太郎の答えに、信者たちが一斉に沢木を見る。

「まぁ！　たしか先週もだったわよね」

「その前の日曜もですよ。彼が通い始めてずっとじゃない？」

「若いのに感心ねー」

「いえいえ、そんな。少しお手伝いさせていただいているだけで、本当に大したことはしていませんから」

恐縮《きょうしゅく》する沢木をおばさま信者がぐるっと取《と》り囲《かこ》む。

「今時めずらしいわよ。うちの娘の婿《むこ》に欲しいくらい」

「本当。こんな息子ができたら毎日が楽しいでしょうね」

「目の保養よね。ふふ」

（すっかりアイドル状態だな）

少し前まで、自分の周《まわ》りに群《むら》がっていたおばさま信者の変心に、梗一は腹の中でふっと苦笑を浮かべた。

ただでさえ若い男が少ないところへもってきて、そこそこ見目も良く、奉仕《ほうし》を厭《いと》わない好青年が現れたのだから、沢木熱が高まるのも致《いた》し方ないことだろう。

ことこれに関しては、むしろ感謝したいくらいだ。

老《お》いも若きもひっくるめ、この世の女性というものがすべからく苦手な自分を意識したのは、ものごころがついた頃だが、三十をいくつか過ぎた今になってもいっかな克服《こくふく》できていない。

別にするつもりもないが。

不得意な女性信者から逃《のが》れられてほっとしていると、どうにかおばさま包囲網《ほういもう》を突破してきたらしい沢木に話しかけられた。

「あの、梗一さん。今日はこのあとお忙しいですか?」

来たな、と身構えつつ、無表情に淀《よど》みなく答えを返す。

「着替えをして七時半より早祷、その後八時二十分から礼拝。九時二十分からは日曜学校があります」

「じゃあ、午後はどうですか?」

「午後は……」

安息日である以上、おおっぴらに仕事を口実にするわけにもいかない。まるでその逡巡《しゅんじゅん》を見透《みす》かしたように、すかさず言葉を継《つ》がれる。

「ご相談があるのですが、少しだけお時間を割《さ》いていただけないでしょうか。お手間は取らせませんので」

低姿勢でお伺《うかが》いを立てられ、梗一は困惑《こんわく》した。どうせ相談など、ふたりきりになるための口実に決まっている。びしっと断ってやりたかったが、今は信者たちの目があった。

また、主教の手前、迷える者の相談を退《しりぞ》けることはできない。

一考の末に、渋々と承諾《しょうだく》する。

「わかりました。……では後ほどお話をお聞きします」

沢木の表情がぱーっと輝いた。

幸せそうな顔を見れば、苦いものが喉奥《のどおく》からじわじわと込み上げてくる。忌々《いまいま》しい思いを、梗一はむりやり呑《の》み下《くだ》した。

(まったく、なんの因果《いんが》だ)

たった一度の出来心のせいで、疫病神にまとわりつかれる羽目に陥《おちい》るとは。

一ヶ月半前の自分の浅はかさを、つくづく呪いたい気分だった。


そもそもが聖職者《せいしょくしゃ》など柄《がら》でも器でもないのだ。

神に召《め》されたという確信――召命感《しょうめいかん》もなければ、無償《むしょう》の愛も信じていない。

父親に性癖《せいへき》がばれ、「神学校へ通わなければ母親に真実を告げる」と脅《おど》されなければ、従来の予定どおりにシステムエンジニアになっていただろう。

ロンドンに離れて暮らす英国人《イギリス》の実母は、梗一がこの世で唯《ただ》ひとり、心の底から恐れる人間だ。彼女に爛《ただ》れた男関係を知られたら、それこそ何をされるかわからない。

どうやら父は、信仰の道へ進み、敬虔《けいけん》な信者たちと接しているうちに、いずれ真っ当な人間に矯正《きょうせい》されると思い込んでいるようだが、それは甘い。

人間、そんなに簡単じゃないというのが梗一の持論《じろん》だ。持って生まれた性癖は、神に仕《つか》えたからといって、そう容易に変わるものではない。

それでも、やるからには完全無欠を目指すのが梗一の信条だ。大学卒業後に司祭《しさい》養成学校に入り直し、二十五歳から聖職者の道を歩んで早七年。表面的には、「心やさしく慈悲深《じひぶか》い牧師」を完璧に演じ切っている自信があった。

が、やはり本来の自分を押し殺す生活には限界があり、日々募《つの》るストレスが大体三ヶ月周期でピークを迎える。

もはや限界、これ以上は耐えられないと覚《さと》った折には、夜遊びに出かけるのがこの七年間の密《ひそ》やかな息抜きだった。その手の場所に顔を出せば、人並み以上に整った見た目が効果を発揮し、相手はいくらでも面白いように引っかかった。継続的な相手を捜しているわけではないので、物色の末に適当なところで手を打ち、ホテルにしけ込む。

刹那的に、手っ取り早く、ストレスと性欲を発散する――三ヶ月に一度のガス抜きの口が、あの夜だったのだ。

しかも、あの日は『ミッション』が入っていた。

筋金入りのお人好《ひとよ》しである父凜太郎が、懺悔《ざんげ》という名のもとに信者から相談を持ちかけられ、引き受けてしまったトラブルを、五人の子供《ベイビィ》たち――と言っても、実子は梗一だけで、あとの四人は血の繋《つな》がりはない――が、請《う》け負《お》い、体を張って解決する。それが『ミッション』。

梗一は参謀役で、実行部隊は、児童養護施設『美国ハウス』出身の元孤児《こじ》四人。

刑事の伊吹《いぶき》由利、パティシエの日鷹《ひだか》亨《とおる》、士堂《しどう》財閥《ざいばつ》の跡取り・士堂秋守《あきもり》、元美術館学芸員で現在はフリーランスの藤生彼方《ふじおかなた》。それぞれにバラエティに富《と》んだ生業《なりわい》を持つ四人は、梗一にとって、幼なじみと言うよりは、兄弟にも等しい間柄の男たちだ。

彼らは、凜太郎に実子同然に育てられた恩義があるため、どんな無理難題を持ちかけられても断ることができない。弱みを握《にぎ》られている自分とはまた別の意味で、辛《つら》い立場にある。

あの日も、その月に入って二度目の『ミッション』要請《ようせい》にうんざりしつつも、「オタク青年が出来心で連れ帰って来てしまったマネキンを倉庫に返却する」ための手配を済ませ、自分はお役御免とばかりに車で出かけた。国道へ出る途中、車道の真ん中をぼーっと歩いていたあの疫病神を危《あや》うく轢《ひ》きかけたのが、今思えば運の尽き。

新車の側面《そくめん》を思いっきり擦《こす》ったことで苛立《いらだ》ちもＭＡＸに達し、本来なら、然《しか》るべき場所で相手を見つけるのが常《つね》なのに、ついついその若い男を車に乗せてしまった。

名も知らない行きずりの男は、見るからにノーマルだった。この年までキャリアを積むと、同類であるかどうかは匂《にお》いでわかる。

――いいよ。その分カラダで返してくれれば。

――今夜はおまえで我慢する。

――鈍《にぶ》い男だな。傷の弁償《べんしょう》の代わりにセックスの相手をしろって言ってるんだよ。

鳩《はと》が豆鉄砲を食らったような表情を横目に、少しばかり溜飲《りゅういん》を下げた。

どうせ、いざとなれば這々《ほうほう》の体《てい》で逃げ出すだろう。自分の顔にぼーっと見とれ、「綺麗《きれい》」など口走っていたが、ノンケにそう容易に超《こ》えられるハードルじゃない。もともとノーマルな男は趣味でもなかった。いろいろメンタリティのケアが面倒だし、その割にベッドインに至《いた》る確率が低い。

からかい半分にセックスを強要したのは、多分に嫌がらせの気持ちもあった。新車を傷ものにされた腹いせだ。

ところが、だ。

当初の予想を覆《くつがえ》し、男は逃げもせず、こっちの裸を見て萎えるどころか、果敢《かかん》に挑《いど》んできた。チャレンジャーなのか、ただの向こう見ずか。

セックス自体は、まぁ及第点《きゅうだいてん》だった。指導の賜物《たまもの》か、流血沙汰《ざた》にはならなかったし、男の呑み込みも悪くなかった。初めてにしては上出来だろう。

思いがけない拾い物に満足し、お互いにすっきりしたあとは、いつものように後腐《あとくさ》れのない関係で終わるはずだった……。

自らの過ちを知ったのは、満足して油断しきった男が寝入ったあとだ。念のため――未成年ということはまずあり得ないだろうが――素性《すじょう》を示すものはないかと男のジャケットを探り、内ポケットの中から警察手帳を見つけた。

あの瞬間は、本気で肝《きも》が冷えた。

心の底から自分の出来心を呪った。

行きずりの相手が警察官と知って愕然《がくぜん》とし、しばらく薄暗い部屋の中をうろうろとしたのちに、開き直る。別に男と寝るのは犯罪じゃない。……金銭取引が介在《かいざい》しない限り。

それに、こちらの素性がばれるようなヘマはしていない。

どうせ行きずりの仲だ。二度と会うこともない。

そう——高《たか》をくくっていた。

あの日曜の朝、「二度と会わないはずだった行きずりの男」が『聖ヨセフ・美国教会』に現れるまでは。


約三十分間の早祷のあと、八時二十分より礼拝。礼拝のあと九時二十分からは、幼児および小・中学生の子供たちが聖書について学ぶための日曜学校が開かれる。

本日、小学生以下の子供たちを担当するはずの古参の信者が、急な腹痛で来られなくなってしまったため、中学生以上のクラスは別の信者に任せて、梗一が子供のクラスを受け持つことになった。凜太郎は十時半からの聖餐式《せいさんしき》の準備に追われている。

慢性的な人手不足故《ゆえ》に、こういった事態はまま起こるので慣《な》れてはいるが、子供相手というのは憂鬱《ゆううつ》だった。

女性ほどではないが、子供もあまり得意ではない。

というより、本音を言えば少し怖い。言語能力が未熟《みじゅく》な分、彼らは人間の本質を見抜く力に長《た》けているように思うからだ。

同じ敷地内にある養護施設『美国ハウス』にも、現在三名の子供が預けられているが、彼らも毎日一緒にいる梗一より、たまに顔を出す亨に懐《なつ》いている。苦手意識を表に出さないまでも、やはり「子供嫌い」を見透かされてしまうのだろう。

だからといって日曜学校を放り出して逃げるわけにもいかず、重い気分を抱《かか》えつつ事務室で準備をしていると、コンコンとノックが鳴った。

「どうぞ」

いらえにカチャッとドアが開く。背後を振り返った梗一は、そこに子供たちより厄介《やっかい》な沢木の姿を見つけ、柳眉《りゅうび》をひそめた。

「なんだ？　午前中は忙しいと言っただろう」

さっき我慢した分、手加減なく低い声で凄《すご》んだが、沢木は動じない。

「それはわかってます。これから日曜学校なんですよね？」

初めの頃は冷たくするたびにもう少しへこたれたり動じたりしていた気がするが……最近は慣れてしまったのか、かなりきつめの物言いにもしゃらんとしている。

(腹立たしいやつめ)

イラッとした直後、「あの」と言葉を継がれた。

「俺、お手伝いします」

「手伝い？」

「どうせ梗一さんのことを待っている間は暇ですし、日曜学校のアシスタントをやります」

「……おまえがか？」

実際、件《くだん》のベテラン信者も人手不足を見かねて子供のクラスを受け持ってくれているのだが、沢木はまだ教会に通い始めて六週間だ。

「日曜学校なら子供の頃に通っていたので、大体の流れはわかりますから」

ひとりで何人もの子供たちを相手にするのは手に余り、気が重かったので、その申し出は正直ありがたい。

しかし、ここでこいつに借りを作るのはいかがなものか。

眼鏡のブリッジを中指で押さえて内心で逡巡していると、沢木が梗一の目をじっと見つめて言った。

「それに俺、子供と遊ぶの好きなんです。年の離れた兄弟の面倒を見ていたんで扱《あつか》いも慣れています。いろいろフォローできると思います」

「…………」

最後の台詞に引っかかりを覚え、つと眉間《みけん》にしわを寄せる。

ひょっとしてこいつ……自分が子供を苦手なことに気がついている？

疑惑を胸に、探るような視線を向ける。と、沢木がすっと視線を逸らした。室内まで足を進めてきて、床に置かれた道具箱に屈《かが》み込《こ》む。

「これ、運ぶんですよね？　持ちます」

言うなり、返答も待たずに両手でひょいっと木箱を抱え上げてしまった。

「部屋はどちらですか？」

促《うなが》されて仕方なく、梗一も自分の荷物を持ち、ドアを開けた。廊下を顎《あご》で指す。

「こっちだ」

教会堂と牧師館《ぼくしかん》を繋ぐ廊下の途中にある小さな部屋には、すでに五歳から十歳までの、八人の子供たちが待っていた。中には『美国ハウス』のチビたちも混ざっている。それ以外のほとんどが、両親か祖父母が信者で、肉親と一緒に教会に通ってきている子供たちだ。

「あれー、知らないお兄ちゃんだ！」

部屋に入ってきたふたりを見て、ハウスの最年少、ケンジが叫《さけ》ぶ。

「誰ー？　誰ー？」

好奇心の強いヒカルが、興味津々といった面持ちで、長身の沢木の周りをぐるぐると回った。

沢木が体を折り、しゃがみ込む。子供と目線を合わせて言った。

「初めましてこんにちは。僕の名前は沢木主税。チカラでいいよ」

「チカラ？　力持ちのチカラ？」

「んー、ちょっと違うけど、まぁいいや。今日はみんなの仲間に入れてもらっていいかな？」

「大人のクラスに入れてもらえなかったの？」

ヒカルに疑問を投げかけられ、沢木が苦笑する。

「そうだね。向こうの部屋がいっぱいで入れなかったんだ」

「かわいそー」

女の子が同情を示した。もうひとりの女児《じょじ》は、沢木を恥《は》ずかしそうにちらちらと見ている。

「な？　かわいそうだろ？　僕も一緒に梗一先生のお話を聴《き》いてもいいかな？」

「いいよー」

「チカラ、俺の隣りに来なよ！」

「えー、僕の隣りだよぉ」

「あたしの！」

早速、沢木の取り合いを始めた子供たちの前に立ち、梗一はパンッと両手を叩《たた》いた。

「はい、みんなお行儀《ぎょうぎ》良く椅子《いす》に座りなさい。お兄ちゃんと遊ぶのは賛美歌《さんびか》とお祈りが済んだあとだ。いいね？」

「はーい、先生」

「じゃあ、賛美歌を歌います」

梗一は古びたオルガンに近寄り、椅子を引いて腰を下ろした。沢木は賛美歌集を開いた子供たちの後ろに立つ。

「ではまず、聖歌654番『神のお子のイエス様』を」

三曲歌ったあとは、わかりやすいたとえ話を引用した子供読本を用《もち》い、聖書の教えを説《と》く。

普段は、飽《あ》きてしまった子供が立ち上がって歩き回ったり、隣りの児童とおしゃべりを始めてしまったりするのだが、今日は後ろから見張っている沢木が、事前に気配を察してフォローしてくれたので、途中で中断することなくスムーズに進行できた。

子供たちの頭越しにこちらを見つめる沢木の眼差《まなざ》しが、妙に熱っぽいのが気になったが、授業自体は滞《とどこお》りなく終わる。お祈りをして、もう一曲賛美歌を歌い、日曜学校は終了。

このあとは、大人のクラスが終わるまで、遊具を使ったり、絵を描いたり、簡単なゲームをしたりして遊ばせるのだが、「年の離れた兄弟の面倒を見ていた」と言うだけあって、沢木は本当に子供たちの扱いが上手《うま》かった。見ていると、八人に満遍《まんべん》なく目を配り、不公平のないよう、均等に相手をしている。自分の体を使って遊ばせるのも上手い。

「チカラ、力持ちなら腕にぶら下がってもいーい?」

「ずるーい。あたしも!」

「よし、じゃあいっぺんに両腕に摑まっていいよ」

「僕も! 僕も!」

「ちゃんとみんなやってあげるから喧嘩《けんか》しないで」

力持ちで体の大きなお兄ちゃんに構ってもらえて、子供たちも大喜びだ。

梗一自身はほとんど子供の相手をせずに済んだおかげで、いつもは長く感じる待ち時間が、比較的早く過ぎ去った。

最後には、沢木はすっかり子供たちに懐かれ、帰りの時間が来ても誰も側から離れようとしない。

「チカラー、来週も来る？」

腕にしがみついてケンジが訊《き》いた。

「そうだなぁ。どうかなぁ」

「絶対遊びに来てよ！」

「お願ぁい」

「……うーん」

ちらっと沢木が視線を寄越《よこ》す。

——来てもいいですか？

目線で問われ、梗一は思案した。

どうせ来るなと言っても教会には来るだろうし、来週はこのクラスは自分の受け持ちじゃない。現在教会には助祭がいないので、常に人手が不足している。子供を扱える人材は貴重だ。

そう結論を導《みちび》き出《だ》し、小さくうなずくと、沢木の表情がぱーっと明るく輝いた。

「梗一先生が来てもいいって！」

ケンジの頭を撫《な》でながらの、弾《はず》んだ声を聞くに、どうやら打算抜きで子供が好きなようだ。

(物好きな……理解できん)

「じゃあ来週もみんなに会いに来るからな」

「やったー！」

「チカラ、指切りげんまん！」

全員と指切りをして、ようやく沢木が解放される。頃合いを見計《みはか》らい、梗一はまたパンッと手を叩いた。

「帰る前に遊具をきちんと箱に片付けて」

「はーい」

迎えに来た肉親に連れられて、子供たちがひとり、ふたりと去り、美国ハウスのチビたちもハウスに戻り、最後には部屋の中にふたりだけになる。

「刑事を辞《や》めて保育士になったほうがいいんじゃないのか？　そのほうが適性があるようだが」

人気《ひとけ》が無くなったとたん、梗一が放った嫌みに、沢木の顔がヒクッと引きつった。

「うわ。今のはサクッと胸の奥深くまで突き刺さりました。シャレになってないです」

「シャレのつもりはない。──ところで話というのはなんだ？」

さっさと話を済ませてしまいたい一心で、性急に問《と》い質《ただ》す。

「いきなりですね。場所とか改めないんですか」

沢木の不満を、すげなく「改める必要などないだろう」と切り捨てる。

「さっさと話せ」

「ちぇ。冷たいなぁ。でもまぁ子供たちもかわいかったし……オルガンを弾《ひ》くあなたや賛美歌を歌うあなた、子供たちにお話をするあなた……いろんな美国梗一が見られたからいいか」

「くだらない御託《ごたく》を並べるだけならもう引き上げるぞ」

教壇の上の聖書や教本をてきぱきとまとめながら冷ややかに釘を刺すと、あわてたように沢木が切り出してきた。

「実は、主教様に洗礼を勧《すす》められているんです」

梗一の手の動きがぴたっと止まる。

「洗礼？」

顔を傾《かたむ》け、傍《かたわ》らの男に鋭《するど》い視線を向けた。一瞬、怯《ひる》んだ様子の沢木が、それでも「はい」とうなずく。

思わずちっと舌打ちが漏《も》れた。

（親父のやつ……余計なことを）

洗礼なんか受けられて、沢木がここの正式な信者になってしまったら、ますますつきまとわられるのは必至だ。ただでさえ、幼なじみの由利と沢木の面倒な繋がりがあるというのに、これ以上関わりが増えるのは御免被《こうむ》りたい。

「それで……どうするつもりだ？」

「受けようかなと思っています」

「………っ」

やめろ、と言いかけた時。ドアがガチャッと開いた。

「梗一先生」

中学生以上のクラスを任せていた信者が、ドアの隙間《すきま》から顔を覗《のぞ》かせる。

「後片付けは終わられましたか？」

とっさに、沢木に向けていたきつい視線を緩《ゆる》め、梗一は穏《おだ》やかな表情を作った。

「ええ、今終わったところです」

「お疲れ様です。先生にご挨拶《あいさつ》がしたいと、信者たちが待っています」

沢木を含め、すべての信者たちが帰っていったあと。

週報を作成し、もろもろの雑事を終えた梗一は、父の部屋のドアをノックした。

コンコン。

「お入りなさい」

「失礼します」

養成学校を卒業後、同じ教会で働くようになってから、父とざっくばらんな口をきくことはなくなった。とりわけ父は公私の切り替えが無いに等しく、牧師館でもキャソックを脱がないので、余計に肉親である前に主教——上役であるという意識が強くなってしまうのだ。

三百六十五日、二十四時間、ひとりの人間である前に神の僕《しもべ》であり続ける——という父の確固たる姿勢は、梗一にはとても真似《まね》できない。……するつもりもないが。

「主教」

呼びかけに、ライティングデスクでペンを走らせていた凜太郎が、顔を上げた。手を止め、背後をゆっくりと振り返る。信者たちに見せるのと同じ、穏やかな顔つき。

本当にこの人は感情にブレがない。まるでロボットみたいだと時々思う。

「なんですか？」

「沢木くんに洗礼を勧めたそうですが」

梗一が硬い声で切り出すと、凜太郎は老眼鏡を外《はず》してデスクの上に置いた。体ごと向き直り、改めて梗一の顔を見つめる。

「沢木くんは最近の若者にしてはめずらしく、真剣に神の御心《みこころ》を理解しようとしています。彼がさらに高いステージを望むならば、洗礼を受けていただくべきかと思い、勧めました」

「しかし……彼は通い始めてからまだ日が浅いですし……少し時期尚早《しょうそう》ではありませんか」

「こういったことは日数の問題ではありませんよ。想いの深さです。もちろん、もう少し勉強していただいてからにはなりますが、彼が望んだ場合、私としては、彼が私たちの共同体に加わることを歓迎したいと思っています。——司祭のほうで沢木くんに関して何か気になる点がありますか？」

「いえ……特に問題は……ないですが」

歯切れの悪い物言いに、凜太郎の顔がめずらしく曇《くも》った。

「なぜ、彼を疎《うと》むのです？」

静かに、かつストレートに尋ねられ、ぎくっと肩が揺れる。

梗一は内心の動揺《どうよう》をひた隠し、きっぱりと否定した。

「疎んでなどいません」

「本当に？」

澄んだ眼差しが、心の奥底までを見極《みきわ》めようとするかのように、じっと見つめてくる。まっすぐな視線に晒《さら》されて、じわっと嫌な汗が脇の下に滲《にじ》んだ。

相反するふたつの自分を時と場合によって使い分けることは、もはや呼吸と同じくらいに当たり前になっているが、それでも、真の聖職者である父に面と向かって嘘をつくのは心苦しい。しかし、それを言うならそもそも沢木と寝た時点で——いや、この七年間自分は姦淫《かんいん》の罪を犯し続けている。小さな嘘ぐらいで罪悪感を抱くなど、いまさらだ。

「あなたは沢木くんと目を合わせようとしませんね」

自分でも無意識の所作を指摘されて、どきっと胸が跳《は》ねた。

(……鋭い。見ていないようでよく見ている)

「なぜですか?」

「…………」

たった一度寝たくらいでつきまとってきてうざいからと、本当の理由が言えたなら、さぞや気分がすっとするに違いない。——だが。

プロテスタントはカソリックに比べて比較的同性愛に寛容だが、純朴《じゅんぼく》な好青年と信じていた沢木と息子の行きずりの関係を知れば、父は少なからずショックを受けるだろう。

「心根がまっすぐで、何事にも真摯《しんし》な、好青年ではないですか」

たしかに、性根の曲がった自分とはまるで正反対。

(だから嫌なんだ)

「…………」

心中のつぶやきとは裏腹に無言を貫《つらぬ》く梗一に、父が諦めたようにふっと息を吐いた。

「彼はあなたを慕《した》っています。導いておやりなさい」

諭《さと》すような物言いをされ、唇《くちびる》をかすかに噛《か》む。

導くも何も、あいつが好きなのは、欲しいのはこの体だ。

体だけだ。


沢木に身許《みもと》がばれたのは、一生の不覚だった。

なぜあの夜、素性が割れる可能性のある地元で、よりによって刑事を拾ってしまったのだろう。後悔先に立たずとはいえ、どんなに後悔してもし足りないくらいだ。運も悪かったが、やはり自分の判断が甘かった。

このまま沢木が洗礼を受けてしまったら、いよいよやつの執着から逃れられなくなる。日曜だけでなく、平日までつきまとわれるなんて、考えただけでうんざりだ。

（そんなことになるくらいなら……）

翌日曜日。

どうにか洗礼を回避できないかと思索《しさく》を巡《めぐ》らせた梗一は、考えあぐねた末、とある決意を胸に沢木を呼び出した。

朝の掃除の際に機を見て「話がある。あとで裏庭に来てくれ」と耳許に囁《ささや》くと、その後の沢木は傍《はた》から見ていても明らかに挙動不審になっていた。単純なやつだ。

「な、なんですか？　お話って」

教会堂の裏手でふたりきりになるなり、沢木が勢い込んで尋ねてくる。

うっすら上気したその顔を冷ややかに見据《みす》え、梗一は用件を口にした。

「洗礼の件だが、おまえから断ってくれ」

目の前の顔が、みるみる翳《かげ》る。

「なーんだ。がっかり。……梗一さんのほうから話があるなんていうから、あれこれ期待してたのに」

わかりやすく失意もあらわに、ワントーン低めの声でつぶやいた沢木が、ややふてくされ気味の顔で訊いてきた。

「なんですか？」

「動機が不純なんだよ」

吐き捨てるように言うと、ムキになって反論し始める。

「不純じゃありません。あなたを想う気持ちは至って純粋です。教会に通うのだって、洗礼を受けるのだって、少しでもあなたを理解したいから。あなたのことがもっと知りたいんです。表の顔と裏の顔、両方を知っている人間はそう多くないはずだ。でもまだ足りない。あなたをもっと理解して、もっと側に行きたい。傍らで支えたいんです」

まさしく飼《か》い主《ぬし》を見つめる忠犬のごとく、きらきらとまっすぐな瞳で言い募られ、梗一は眉根を寄せた。本気で心からそう思っているのがひしひしと伝わってくる分、質《たち》が悪い。

何が「あなたをもっと理解したい」だ。そんなこと、安直に口に出すな。社会もろくに知らない若造が。

支えたいだと？　よくもいけしゃあしゃあと。大きなお世話だ！

そう怒鳴《どな》りつけてやりたかったが、どんなに罵倒《ばとう》しても邪険にしても「糠《ぬか》に釘」および「のれんに腕押し」であることは、この一ヶ月半で骨身にしみている。大声を出すだけエネルギーの無駄だ。

苛立ちを懸命に押さえつけ、梗一は足許に嘆息《たんそく》を落とした。

（仕方がない）

そこまで体が欲しいというなら、それを逆手《さかて》に取るしかない。

視線を上げ、改めて沢木の顔を見る。

「私が同じ相手と二度とは寝ない主義というのは前に言ったな？」

唐突な前振りに、沢木が戸惑《とまど》ったような顔つきでうなずいた。

「ええ……聞きましたけど」

「おまえが洗礼を断るなら、特別に二度目を考えてやってもいい」

顎を心持ち持ち上げ、傲慢《ごうまん》な声音で告げる。

「どうだ？　悪い取引じゃないだろう？」

目の前にエサをちらつかせれば喜んで飛びついてくると思っていたが。

意外や、沢木は喜ばなかった。

どころか、視界の中の顔がどんどん険《けわ》しくなっていく。予想に反した、どこかが痛むかのような、傷ついた表情に面食《めんく》らった。

「……沢木？」

訝《いぶか》しげに名を呼ぶと、強ばった顔から低音が落ちる。

「俺……そんなものが欲しいんじゃありません」

（そんなもの!?）

失礼な物言いにむっとしている間に、こちらも憮然《ぶぜん》とした面持ちの沢木が言った。

「話はそれだけですか？」

「あ、……ああ」

「じゃあ、俺は失礼します」

くるりと踵《きびす》を返した沢木が、大股《おおまた》で立ち去っていく。

一顧《いっこ》だにしないその長身の背中を、梗一は釈然《しゃくぜん》としない気分で見送るしかなかった。

2

せっかくもう一度やらせてやると言っているのに。

なんなんだ、あいつは。「そんなもの」ってなんだ。この前は尻尾《しっぽ》を振ってがっついてきたくせに。この私が同じ男にやらせるなんて、かつてない快挙なんだぞ。前代未聞《みもん》の大放出、生涯一度の出血大サービスだ。

むしろ泣いて喜べ！

せっかく投げ出したエサを沢木《さわき》ごときに拒《こば》まれ、プライドはずたずただ。時間が経《た》つにつれて収まるどころか、逆にどんどん腹立ちが募《つの》る。腸《はらわた》がぐつぐつ煮えくり返りそうだ。

イライラ、ムカムカ、カリカリ。

日曜の午後いっぱい、眉間《みけん》にしわを寄せて落ち着かない時間を過ごした梗一《きょういち》は、夕食後、キャソックからスーツに着替えた。

こんな時は、憂《う》さ晴《ば》らしに出かけるに限る。

まだ前回から三ヶ月経っていないが、今回は特別だ。

父親に「ちょっと出かけます。本日中には戻りますから」と告げ、牧師館《ぼくしかん》を出た梗一は、ガレージへと向かった。

先日、修理から戻ってきたばかりの黒のセダンに乗り込む。

なぜか皆、同乗を嫌がるが、梗一自身は車の運転は嫌いではなかった。男を引っかけないまでも、ストレスが溜《た》まった時は、ひとりで夜のドライブに出かけることがよくある。

イグニッションキーを回してエンジンをかけ、今日こそ新宿《しんじゅく》だと心に決めて車を発進させた。今夜こそは、後腐《あとくさ》れのない相手を選ぶ。スマートで遊び慣《な》れていて、できれば技巧《ぎこう》に長《た》けた年上の男。

自分に言い聞かせながら外門を抜け、二車線の道に出る。夜の帳《とばり》が下りると、このあたりはすっかり人気《ひとけ》がなくなる。人家の灯《あか》りもまばらだ。とりわけ今夜は新月のせいか、視界が悪い。

(そういえば、このあたりで沢木を轢《ひ》きかけたんだったな)

一ヶ月半前の忌々《いまいま》しい記憶が蘇《よみがえ》った、その時だった。

ライトで照らされた視界に、いきなり人影が飛び出してきて両手を広げた。ひやっと背中が冷たくなる。

「……っ」

梗一はブレーキを強く踏み込んだ。

キキーッと闇《やみ》を切《き》り裂《さ》くような嫌な音が響き、前のめりになった体がシートベルトの中で激しくバウンドした直後、車体がガクンッと急停止する。

「…………」

ドクッ、ドクッ、ドクッ。——静まり返った車内に響く心臓の音。

息を止めたまま、おそるおそるフロントウインドウに視線を向ける。

人影は、まだ両手を広げた体勢で立っていた。

どうやら……ギリギリ轢かずに済んだようだ。

止めていた息をふーっと大きく吐き出し、額《ひたい》の汗を手の甲《こう》で拭《ぬぐ》う。かすかに震える手でシートベルトを外《はず》した。シフトレバーをパーキングに入れ、ハンドブレーキを上げてハザードランプをつける。

（一ヶ月半の間に二度も人を轢きそうになるなんて、なんの呪いだ？）

それにしても、暗闇の中、走っている車の前に飛び出すなんて、自殺行為にも等しい暴挙だ。

まさか当たり屋か？

血の気が引いた反動で、一転、今度はカーッと頭に血が上《のぼ》る。

ドアを開けて車外に飛び出した梗一は、命知らずな相手に怒鳴《どな》りつけた。

「何やってるんだ、危ないじゃないか！」

シルエットで男とわかる相手に、つかつかと歩み寄る。

長身の男の顔を間近で見た瞬間、梗一の全身は雷《かみなり》にでも打たれたように震えた。レンズの奥の切れ長の双眸《そうぼう》が、ゆるゆると驚愕《きょうがく》に見開かれる。

「沢…木？」

なんと、命知らずの当たり屋は、昼に別れたばかりの男だった。服装もその時のままだ。

「またおまえか……っ」

絶句の一瞬後、さらに頭が熱くなる。体当たりのアプローチにもほどがあるだろう。おまえはそれで本望かもしれないが、私はおまえのために交通刑務所に入るのは絶対に御免だ。

「一体何を考えているんだ!?」

怒声を放ち、胸倉《むなぐら》に摑《つか》みかからんばかりの勢いで詰め寄った梗一は、逆に切羽《せっぱ》詰《つ》まった表情の沢木に問い返された。

「どこへ行くんです?」

「……どこだろうがおまえには関係ないだろう」

憤《いきどお》りのままに凄《すご》む。

「どこへ行くんです?」

低い声で繰《く》り返《かえ》され、ちっと舌を打った。

「だから、おまえには関係ない」

しらを切ろうとしたが、

「男を漁《あさ》りに出かけるんでしょう?」

ずばりと図星を指され、つい肩がぴくっと揺《ゆ》れてしまった。

「違いますか?　そうなんでしょう?」

畳《たた》みかけるように追及されて、「煩《うるさ》い」と目の前の男を睨《にら》みつける。

こいつ、まさか昼からずっとこの近辺で自分が出かけるかどうかを見張っていたのか？

「どうせそんなことだろうと思っていました。あなたっていう人は、本当にどうしようもない尻軽で淫乱《いんらん》ですね」

「誰が尻軽で淫乱だ」

「こっちはあんなことを言われて怒っていいんだか傷ついていいんだかラッキーって思っていいのか混乱しまくりで、一度新宿まで行ったのに結局また舞い戻ってきて……でも教会には入れなくてずっと外で悶々《もんもん》としていたのに、俺が取引に応じなかったからってとっとと別の男を捜しに出かけるなんて酷《ひど》いよ」

恨《うら》みがましい声でねちねちと責められた梗一の頭のどこかで、何かがぶちっと切れる。

「だからっておまえ、体で車を止める馬鹿がいるかっ」

怒鳴り声の途中で二の腕を摑まれ、ぐいっと引かれた。

「何するっ……放せっ……」

なんとか振り払おうとしても、沢木の力は予想以上に強く、果たせない。

「このっ、ストーカー！」

罵声《ばせい》にも動じず、ぐいぐいと引っ張られ、黒のセダンまで引き戻されてしまった。助手席のドアを開けた沢木が、梗一を強引に車内へ押し込む。シートに尻餅《しりもち》をつくと同時にバンッと乱暴にドアを閉められ、唖然《あぜん》とした。

何がどうなっているのかとっさに状況が把握《はあく》できず、混乱している間に、運転席のドアが開く。断りもなく、勝手に人の車に乗り込んできた沢木が、硬い声で「シートベルトをしてください」と告げた。

「……どういうつもりだ」

傍若無人《ぼうじゃくぶじん》な態度に、怒りで声が震えた。

「シートベルトをしないと、このまま車を発進させて、あの電柱にぶつけます」

淡々と脅《おど》し文句《もんく》を継《つ》がれ、「はぁ？」と声が漏《も》れる。

人の車を乗っ取っておいて、さらに脅しをかける気か？　おまえは一体何様なんだ？

ふざけるなと怒鳴り返そうとして、視線の先の横顔に息を呑《の》んだ。感情のいっさい窺《うかが》えない無表情。本来は感情表現が豊かなタイプであるはずの隣りの男から、かつてないほどの冷えた凄みを感じ、こくっと喉《のど》が鳴った。

（こいつ……キレてる？）

下手《へた》に逆《さか》らったら何をされるかわからない、得体の知れない殺気のようなものを感じ、言葉を失っていると、沢木がハザードランプを切り、ハンドブレーキを下げた。シフトレバーをドライブに戻す。

「どこへ行くんだ？」

かすれた声の問いかけに、返答はなかった。

「…………」

約二十分後、沢木の運転で（駄目犬のくせに生意気にも運転が上手《うま》かった）車が辿《たど》り着いたのは、前回ふたりで入ったのと同じラブホテルだった。地下駐車場のパーキングに車を停《と》めて、エレベーターで一階に上がり、受付へ向かう。

沢木は迷いのない足取りでまっすぐパネルに歩み寄り、クレジットカードを投入口に差し入れた。501号室のボタンを押すと、ほどなくスリットからカードキーが押し出されてくる。ふたたびエレベーターに乗って、最上階の五階で降《お》り、カードキーで501号室のドアを開けた――ところまで、前回とまったく同じ流れ。ただひとつ違うのは、今回はイニシアティブを握《にぎ》っているのが沢木だということだ。

この前は明らかにビギナー丸出しで、終始ビクビクおどおどしていたのに。たった一回の経験値で大したスキルアップだ。

ひょっとしたら、その後、別の誰かと実地訓練を積んだのかもしれないが。

「入ってください」

ドアを開けた沢木に促《うなが》され、室内に足を踏み入れる。

部屋の真ん中に置かれたキングサイズのベッドの他に、備《そな》え付《つ》けのクローゼットと冷蔵庫、カップやグラスが収納されたキャビネット、テレビ、カウンターテーブル、椅子《いす》。設《しつら》えは一ヶ月半前と寸分変わらない。

部屋の中程までいったところで、梗一は後ろを振り返った。背後に立つ沢木を睨み上げる。

「で？　こんなところへ連れ込んでどうするつもりだ？」

しばらく思い詰めたような眼差《まなざ》しで梗一の顔を見つめてから、最後の葛藤《かっとう》を振り切るようにふっと息を吐いた沢木が、おもむろに口を開いた。

「取引を受けます」

その台詞《セリフ》に溜飲《りゅういん》を下げる。

「セックスと引き替えに洗礼を断るんだな？」

確認に唇《くちびる》を噛《か》み締《し》めた沢木が、俯《うつむ》き加減にうなずいた。

「……はい」

はっ。偉《えら》そうなことを言っておいて、結局はやりたいんじゃないか。

回りくどいことをせずに最初から素直にしていればいいんだ。馬鹿め。

ここぞとばかりに詰《なじ》ってやりたいところだったが、そこはひとつ大人の寛容な心でぐっと堪《こら》える。何より、洗礼を回避《かいひ》することが肝心《かんじん》だ。

どのみち、適当に男を見繕《みつくろ》って寝るつもりだったのだから、多少の路線変更はあっても、大筋では変わらない。

「いいだろう」

鷹揚《おうよう》にうなずき、梗一はジャケットのボタンに手をかけた。自分で脱ごうとして、しかし、沢木に止められる。

「待ってください。今日は俺が全部やります」

「何？」

「それが取引の条件です。あなたは今日は俺に任せて、ただじっとしているだけでいいから」

自分で仕切るだと？

前回のリベンジのつもりか？

くだらない男の意地とやらか？

馬鹿馬鹿しいと肩を竦《すく》めていると、近づいてきた沢木が、梗一の背後に回った。すぐ後ろに立ち、腕を前に回してくる。ジャケットのボタンを外し始めた。

「子供じゃないんだから自分で脱げる」

「いいから黙っておとなしくしていてください」

言い含められ、後ろから抱き込まれるような体勢は不快だったが、仕方なく我慢しているうちに、今度は指がシャツのボタンにかかる。

ひとつ、ふたつと、ゆっくりボタンを外され、全開になった段でシャツの裾《すそ》を引き抜かれた。くるりと身を返される。はだけたシャツの胸元を熱っぽい眼差しでじっと見下ろされて、背中がこそばゆくなった。

これではまるで前回の逆バージョンだ。こざかしい真似《まね》を。

熱を帯びた執拗《しつよう》な視線を避《さ》けるようにふいっと顔を背《そむ》けた瞬間、手を引かれてベッドへと誘われる。

「ここに座ってください」

ベッドの端《はし》をぽんぽんと手のひらで叩かれ、渋々と腰を下ろした。すると沢木が向かい合わせの体勢で身を屈《かが》め、床に膝《ひざ》をつく。ウエストに手が伸びてきて、ベルトを外された。次にファスナーを下ろされ、前をくつろがせられる。

「おい」

無言で顔を寄せる沢木に、梗一は「待った」をかけた。

「シャワーは？　浴びなくていいのか？」

返答はなく、下着の中からまだやわらかいものを取り出される。真剣な面持《おもも》ちで、剝《む》き出《だ》しの欲望をじっと見つめられた。

形がいいとよく誉《ほ》められるし、サイズもまぁまぁという自負《じふ》もあるが、さすがにそこまで凝視《ぎょうし》されると尾《び》てい骨《こつ》のあたりがうずうずとする。前のセックスの時に、体の隅々《すみずみ》まで見られているとはいえ……。

どうやらフェラチオに挑戦するつもりらしいが、張り詰めた表情から、沢木の逡巡《しゅんじゅん》がひしひしと伝わってくる。男のものを銜《くわ》えるのは初めてのはずだ。されるほうならともかく、そのハードルはノンケには高かろう。

(できるもんならやってみろ)

唇の端で笑った瞬間、出し抜けに熱く濡れた粘膜《ねんまく》に包まれて、ぴくんっと腰が揺れた。

「………っ」

いきなり半分ほどを口に含んだ沢木は、それで度胸がついたらしい。怯《ひる》むことなく舌を使い始めた。ぴちゃぴちゃと音を立てて先端を舐《な》め、シャフトに舌を這《は》わせる。

ものすごくテクニックがあるというわけではないが、その口淫《こういん》は丁寧でひたむきで、必死さが伝わってくるものだった。

他人に施《ほどこ》される愛撫《あいぶ》は一ヶ月半ぶりだ。ここしばらく沢木の体当たりのストーキングに萎《な》えて、自分でも発散していなかったので、さほど間を置かずに自身が張り詰めていくのがわかる。

しかし、ノンケの若造ごときの愛撫によがるわけにはいかない。声が出そうになるのを懸命に堪えていると、沢木が顔を上げた。

「少しは……気持ちいい?」

上目遣《うわめづか》いに訊《き》いてくる——唇の端からは唾液《だえき》が滴《したた》っている。

そのうっすら上気した顔を見たら、なぜか急激に射精感が高まった。

「もう……いい」

首を横に振ったが、沢木はまた顔を埋《うず》め、すでに充分な質量を持ったものをふたたび含んだ。敏感な裏の筋を舌先で辿り、しゃぶり、全体を唇で扱《しご》き始《はじ》める。

「っ……あ」

ついに、声が漏れてしまった。その声に励《はげ》まされたように、さらに沢木が愛撫を強める。

「放せっ……馬鹿……あっ」

このままでは口の中に出してしまう。それはプライドが許さなかった。頭をわし摑み、懸命に押《お》し退《の》けようとしたが、びくとも動かない。

「いい……から……出して」

くぐもった声で催促《さいそく》され、激しく追い上げられ——我慢できずに、どくんっと弾《はじ》ける。

「はっ……くぅ」

放出の余韻《よいん》に、びくびくと下半身が震えた。敗北感を上回る快感。

「はぁ……はぁ」

肩で息をしていると、下から声が聞こえてくる。

「いっぱい出たね。ひさしぶりだったの？」

口の端を手の甲で拭いながら、沢木が尋《たず》ねてきた。なぜか嬉《うれ》しそうなその顔をまじまじと見下ろす。

「……呑んだのか？」

「うん」

「馬鹿だな。不味《まず》かっただろう」

「でも、この前あなたも俺のを呑んでくれたし。——それより」

沢木が立ち上がった。梗一の肩に手を置き、顔を覗《のぞ》き込《こ》む。

「どう？　気持ちよかった？」

「まぁまぁだな」

軽く受け流すと、ちょっとしょげて、だがすぐ立ち直り、「次はもっとよくするから」と宣言する。

「次？　次など…」

ないと言う前に、肩をぐっと押され、ベッドに押し倒された。眼鏡《めがね》に手がかかり、すっと外される。

「ほんと……綺麗《きれい》だよな……アンティークの西洋人形みたい」

うっとりとした声が上から落ちてきた。

「梗一さん、どこか外国の血が混じってるの？」

「……母親が英国人《イギリス》だ」

「やっぱり！　そっかぁ、どうりで色が抜けるみたいに白いはずだ。ハーフかぁ、主教《しゅきょう》様の息子だって知った時も驚いたけど」

「どうせ似ていない。あの人は私と正反対だからな」

「梗一さんはお母さん似？　そういえばお会いしたことがないけれど、一緒に暮らしていないの？」

「母親のことなどどうでもいいだろう。やるなら早くしろ」

問いかけを煩そうに遮《さえぎ》り、「やらないなら帰るぞ」と脅す。

「やる。やります！」

あわててそう言った沢木が、「ちょっと待ってて」と身を起こす。ベッドから降りて、椅子の背にかかっていた自分のジャケットのポケットを探り、チューブのようなものを手に引き返してきた。ついでに自分の服を脱ぎ去る。

「なんだ？」

ほどよく引き締まった若い裸体を横目に、梗一は訊いた。

「ホットジェルなんだけど、人体にも環境にもやさしくてオススメだってネットに書いてあったから」

「買ったのか？」

「通販で。あれからいろいろ調べたんだ。男同士のやり方とか」

ずいぶんと用意周到《しゅうとう》なことだと呆《あき》れているうちに、下衣を取《と》り除《のぞ》かれ、体を裏返しにされた。枕を抱き込む体勢で俯《うつぶ》せになったところで、沢木が背中から覆《おお》い被《かぶ》さってくる。

「バックは好きじゃない」

「でも、この体勢が一番負担が少ないって」

「私は獣《けもの》じゃない」

ブツブツ文句を言ったが結局は腰を上げさせられ、尻の狭間《はざま》にぬるっとしたものを擦《こす》りつけられた。ほどなくじんわりあたたかくなってくる。周囲が解《ほぐ》れた頃合いを見計《みはか》らうように、沢木が指を入れてきた。初めは慎重にそろそろと前後の動きを繰り返す。

いろいろ調べたと言うだけあって、この前のぎこちなかった手つきとは雲泥《うんでい》の差だった。

「どうかな？」

「……ん……」

「このあたり？　どう？」

「もう少し……奥だ」

「奥？　ここかな？　ちょっとコリッとしている」

指先でつつかれた刹那《せつな》、びくんっと背中が跳《は》ねる。嬉しそうな声が後ろから聞こえてきた。

「ここ？　梗一さんのいいところ……俺の指、きゅうってしてるよ」

「……く……っ」

喉から漏れそうな嬌声《きょうせい》を嚙み殺していると、集中的にソコを擦られる。指の腹で擦られるたびに、ジンジンと痺《しび》れるような疼《うず》きが全身を駆け抜けた。もう片方の手が、先走りに濡れる欲望をぬるぬると扱く。二箇所を同時に責められ、思わず腰が揺れそうになるのを、必死に我慢した。

「んっ……あっ……」

前の時は、がっついてすぐに入れたがったが、今日の沢木は慎重だった。だからといって、決して余裕があるわけではないことは、密着したその体が示している。さっきからもうずっと、熱い欲望が太股《ふともも》に当たっていた。どんどん質量を増すそれに──前回、それによってもたらされた甘い悦楽を思い出し、じわっと瞳《ひとみ》が濡れる。透明な体液がぽたりとシーツに零《こぼ》れる。

「そろそろ……いい？」

かすれた声のお伺《うかが》いに、気がつくと梗一は叫《さけ》んでいた。

「早く……しろっ」

ごくっと息を吞む気配のあと、腰を抱《かか》え直《なお》される。熱く濡れた高ぶりが後孔《こうこう》に触《ふ》れた──かと思うと、ぐぐっとそれがめり込んでくる。

「…………っ」

めりめりと身を割られる感触に、梗一は奥歯を食いしめた。この瞬間だけは、人並み以上の質量が恨めしい。沢木はしかしその後は焦《あせ》らず、ゆっくりと体を進めてくる。時折、萎えかけた梗一の欲望を握ってあやしながら、時間をかけてすべてを収めた。

「全部……入った」

ため息《いき》混じりのつぶやきに、梗一も息をそろそろと吐き出す。沢木が「痛いとこない？」と囁《ささや》き、梗一のうなずきを待って後ろからぎゅっと抱き締めてきた。

まるで恋人にするかのような抱擁《ほうよう》。

「あなたの中、すごくあったかい」

何を恥ずかしいことを言っているんだと顔が熱くなる。本当にこの男は。

「動いてもいい？」

かすかに首を縦《たて》に振ると、腹の中の熱がゆるゆると動き出す。一ヶ月半ぶりの異物感と圧迫《あっぱく》感《かん》に、梗一は眉《まゆ》をひそめた。だがほどなく、脈動が行き来する場所からじわじわと快感が生まれ始める。いつもならば、違和感が官能に変わるまで、もうしばらく時間がかかるのだが。

今日は、感じるのが早い。

うずうずと疼く弱みを、狙いすましたように突き上げられ、堪えきれない嬌声が零れた。

「あうっ……」

結合部から漏れる、ぐちゅっ、ぬちゅっというあられもない水音。首筋に唇を寄せてきた沢木が、やわらかい耳朶《じだ》を甘噛みする。たゆまない抽挿《ちゅうそう》を送り込みつつ、尖《とが》った胸を指で弄《いじ》る。さらに濡れた欲望を扱かれ、波状攻撃に背中が弓なりに撓《しな》った。

「あっ……はぁっ」

(なんだ？　これは……)

同じ相手と体を重ねるのは初めてだったが、前回よりも格段に良かった。セックスなんて、誰が相手でもさほど変わらない。一度やればそれで充分だと思っていたが……。そう単純なものでもないのかもしれない。

そんなことをぼんやり考えていられたのも、最初の数分。徐々《じょじょ》に抜き差しが激しくなり、それにつれて頭が白くなる。動物の交尾《こうび》のような、屈辱《くつじょく》的な体勢であることも、脳裏《のうり》から吹き飛んで――。

「んっ、んっ、あっ……ん」

「梗一さん……いい？　気持ちいい？」

問いかけに返事をする余裕もない。梗一はいつしか沢木のリードに身を任せ、情熱的な抽挿《リズム》に合わせて腰を振っていた。


「あー……やっちゃった……」

枕を抱き締めたまま、俯せの沢木がため息混じりにつぶやいた。

「『欲しいのは体じゃない』なんて偉そうなこと言ってて結局これかよ。俺、かっこわりー」

落ち込む男を後目《しりめ》に、梗一はひとりシーツから上体を起こす。サイドテーブルに手を伸ばし、眼鏡を摑んで装着した。ようやく視界がはっきりする。

「まったくだな」

乱れた髪を片手で掻《か》き上《あ》げ、容赦《ようしゃ》のない肯定《こうてい》の声を落としたとたん、沢木が今にも泣き出しそうに顔を歪《ゆが》めた。

何度も昇天したせいか、「シートベルトをしなければ電柱にぶつける」と脅した際の凄みは消え失せ、すっかり元のヘタレ沢木に戻っている。

「……だって、あなたが別の男と……なんて考えただけで耐えられないよ。そんなの」

女々《めめ》しい泣き言をふんと鼻であしらい、掛け布団を剝《は》いだ。バスローブを羽織《はお》ってベッドから起き上がる。

「とにかく、これで取引は成立だ。洗礼の件は主教におまえから断れ。わかったな？」

「…………」

「返事は？」

「……はい」

渋々とうなずく沢木を置いて、さっさとシャワールームに入った梗一は、脚《あし》の間を伝わるどろっと生あたたかい感触に顔をしかめた。

（くそ。あの馬鹿、思いっきり中出ししやがって）

自分としたことが……油断した。不覚。普段は絶対に生ではさせないのだが。

眉をひそめていて、ふと気がつく。

そういえば、沢木とは最初の時も、ゴムを付けなかったな。

あの時も、あいつが勝手に先走ったのだった。「待て」と言ったのに言うことをきかずに暴走して。

一度ならず二度も続けてイニシアティブを奪われた自分に、むかむかと憤りが込み上げてくる。もちろん、元凶《げんきょう》である沢木への怒りは五割増しだ。

（サカリのついた馬鹿犬め。「待て」を覚えるように一から躾《しつ》け直《なお》さねば）

心に固く決め、ポンプヘッドをバシバシ乱暴に押してボディソープを泡立てた。執拗なくらいにゴシゴシと体を擦り、情事の痕跡《こんせき》をシャワーできれいさっぱり洗い流す。

ようやっとすっきりした梗一は、備え付けのバスタオルで全身の水気をふき取り、手早く身《み》支度《じたく》を済ませた。衣類を身につけ、髪をドライヤーで乾かす。

その間、まだ立ち直りきれていないらしい沢木は、ベッドでしょぼーんと肩を落とし、梗一の一連の動作をぼんやり眺《なが》めていた。

最後にジャケットを羽織り、靴《くつ》を履《は》く。

「先に出るぞ」

振り返らないまま声をかけた。

「も、もう帰っちゃうの？」

「今日中には戻りたい。金を払ったのはおまえだ。おまえは泊まっていけ」

追いすがる沢木を冷たく突き放し、ドアノブに手をかけたところで、「梗一さん」と呼びとめられた。

「洗礼は諦《あきら》めたけど、俺、教会には通うから。あなたことも諦めない」

挑《いど》むような声が告げる。

「…………」

しばらく背中を向けた状態で黙っていた梗一は、やがて低い声を落とした。

「勝手にしろ」

「勝手にします」

生意気な宣言に、ふんと鼻を鳴らし、ドアノブを捻《ひね》る。ドアを引き開け、廊下に出た梗一は、後ろ手にドアをバタンと閉めた。

顎《あご》を反《そ》らしてまっすぐ前方を見据《みす》えると、一度も背後を振り返ることなく、エレベーターホールへと歩き出した。

あとがき

岩本　薫

ディアプラス文庫さんでは初めまして。岩本薫《いわもとかおる》です。

このたびは「プリティ・ベイビィズ」をお手に取ってくださいまして、ありがとうございました。

新しいシリーズです。またもや多人数もの。麻々原絵里依《ままはらえりい》先生にイラストをお願いできると決まった時から、先生の素敵な絵で鬼畜眼鏡を見てみたい、それを言うならワンコ、いや美老人も捨てがたい、王子もかわいこちゃんも黒猫もオラオラも……と夢がどんどん際限なく膨《ふく》らみ……気がつくとまたしても人数が多くなってしまいました。

そして、どうせならいろんな職業のいい男たちを見てみたいと、煩悩《ぼんのう》の赴《おもむ》くままに牧師だの刑事だのパティシエだのを出しまくり……麻々原先生にはご苦労をかけてしまいましたが、雑誌掲載時のアンケートで、私と同じ欲望を持った同志がたくさんいらっしゃることを知って、大変心強かったです。その節は励ましのお声をありがとうございました。

さて、本篇ですが……すでにお読みになられた方は、まさかこれで終わりじゃないよね？と思われたかと思いますが……大丈夫です。続きます！

まだまだ助走な感じですが、この先、それぞれがワケありな彼らがどう絡んでいくのか、お楽しみにお待ちいただけますと嬉しいです。

そして、この「プリティ・ベイビィズ」を有り難くもドラマCDにしていただくことに。亨《とおる》／吉野裕行《よしのひろゆき》さん、秋守《あきもり》／小西克幸《こにしかつゆき》さん、梗一《きょういち》／森川智之《もりかわとしゆき》さん、主税《ちから》／羽多野渉《はたのわたる》さん、伊吹《いぶき》／安元洋貴《やすもとひろき》さん、彼方《かなた》／神谷浩史《かみやひろし》さん、パパ／沢木郁也《さわきいくや》さんという豪華キャストをお迎えして、七月五日に発売になりますので、こちらもどうかよろしくお願い致します。

麻々原絵里依先生。もうウン十年来大ファンの先生に挿し絵をお願いすることができて、またひとつ夢が現実となりました。お忙しいところ、スタイリッシュでいて色香滴《したた》るイラストの数々を本当にありがとうございました！　今後とも、どうかよろしくお願い致します。

お世話になりました編集担当様をはじめ、本書の制作にご尽力くださいましたすべての皆様に、心からの感謝を捧げます。ありがとうございました。

本篇の続きは、雑誌小説ディアプラス　フユ号とハル号に、前後篇で掲載予定です。がんばりますので、こちらもお読みいただけますと嬉しいです。ご感想などもぜひぜひお聞かせくださいませ。お待ちしております。

できれば、また次の本でお会いできますように。

二〇〇八年　六月　　岩本　薫

D E A R + N O V E L

ぷりてぃ・べいびぃず

プリティ・ベイビィズ

この本を読んでのご意見、ご感想などをお寄せください。
岩本 薫先生・麻々原絵里依先生へのはげましのおたよりもお待ちしております。
〒113-0024 東京都文京区西片2-19-18 新書館
[編集部へのご意見・ご感想] ディアプラス編集部「プリティ・ベイビィズ」係
[先生方へのおたより] ディアプラス編集部気付 ○○先生

初　出
mission#0：小説DEAR⁺07年アキ号（Vol.27）
mission#1：小説DEAR⁺08年フユ号（Vol.28）
mission#1.5：書き下ろし

新書館ディアプラス文庫

著者：岩本 薫 [いわもと・かおる]
初版発行：2008年 6月25日

発行所：株式会社新書館
[編集] 〒113-0024 東京都文京区西片 2-19-18 電話(03)3811-2631
[営業] 〒174-0043 東京都板橋区坂下 1-22-14 電話(03)5970-3840
[URL] http://www.shinshokan.co.jp/
印刷・製本：図書印刷株式会社

定価はカバーに表示してあります。乱丁・落丁本はお取替えいたします。
ISBN978-4-403-52189-8

S H I N S H O K A N